CHOISY·LE ROY·

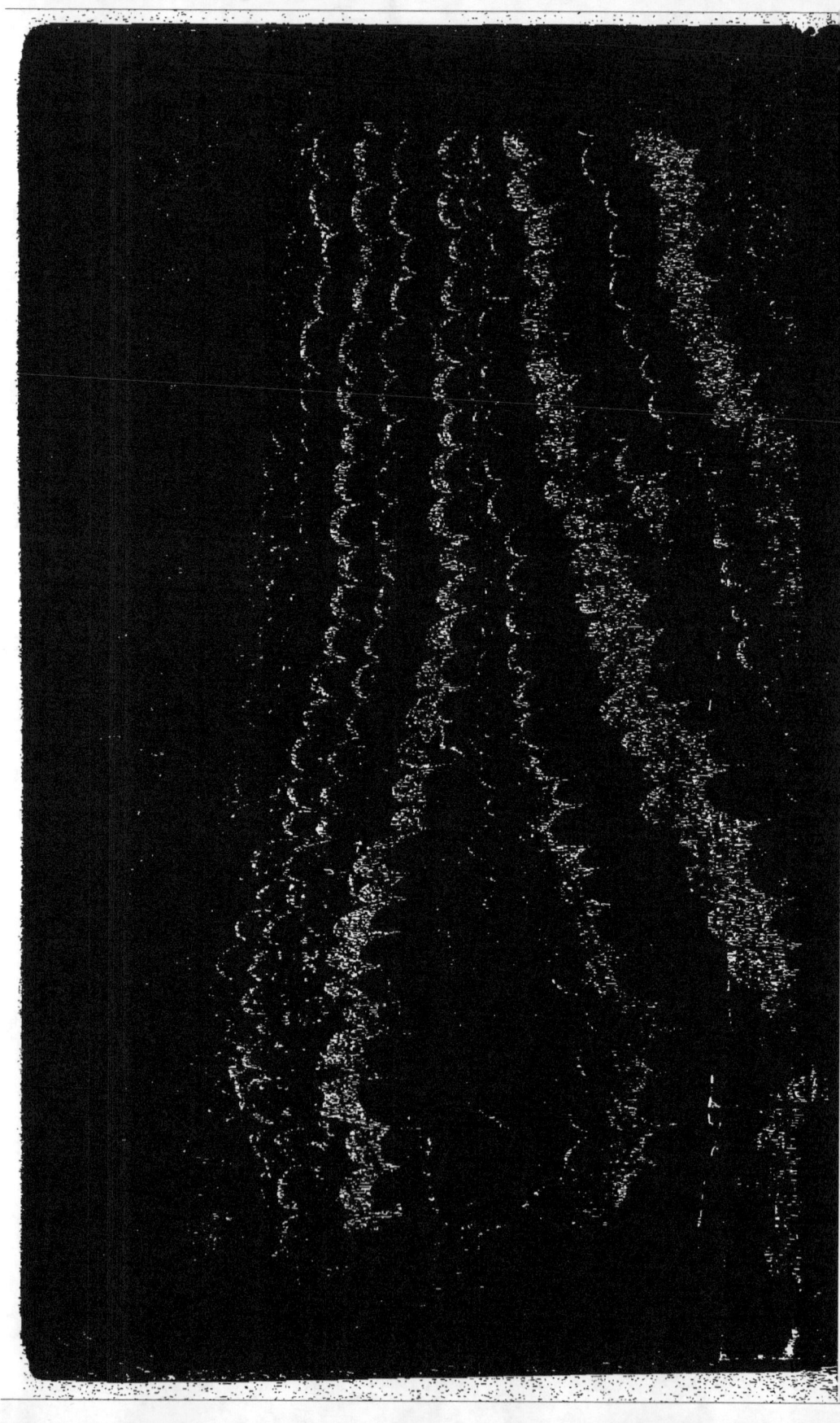

LES BELLES GRECQUES,

OU

L'HISTOIRE

DES PLUS FAMEUSES

COURTISANES

DE LA GRECE.

Par Madame DURAND.

NOUVELLE EDITION,

Ornée de Figures en Taille-douce.

A PARIS,

Chez PRAULT pere, Quay de Gêvres,
au Paradis.

M.DCC. XXXVI.

Avec Approbation & Privilege du Roy.

PREFACE.

SI la quantité de faits historiques & de traits singu-
liers, sont capables de faire
réüssir un Ouvrage, j'ose me
flatter que celui que je donne
maintenant au Public, aura un
succès heureux. J'ai pris tous
les soins possibles de ramasser
ce que la plûpart des Auteurs
anciens, ont rapporté de ces
Beautés fameuses, pour qui,
en ces tems-là, on avoit une
sorte de véneration; & je sou-
haite que le tour que j'ai pris

a ij

PRE'FACE.

pour conter leurs avantu-
res, paroiſſe convenable aux
mœurs des ſiécles où elles vivoient.

Il me reſte à me diſculper
d'avance du reproche qu'on
me pourroit faire d'avoir choiſi
un ſujet ſi profane : mais outre
que je n'apprend rien de nouveau à tous ceux qui ont quelque connoiſſance de l'antiquité, je crois qu'il n'y a pas une
de mes expreſſions qui puiſſe
allarmer la plus ſévere pudeur,
& je doute même que les exemples que je rapporte ne ſoient
pas plus propres à dégoûter
du vice, qu'à entraîner dans
des déſordres, dont la ſeule

PRÉFACE.

peinture doit faire horreur. C'est ce qui m'a ôté la pensée de semer autant de réflexions que je l'aurois souhaité dans le corps de l'Ouvrage, tant pour ne pas interrompre la narration, que pour ne point faire parade d'une morale que la matiere fera naître naturellement dans l'esprit des Lecteurs raisonnables. Pour ceux que l'image des défauts d'autrui détermine au mal, ils n'ont que faire des Belles Grecques pour faillir; toûjours foibles & chancelans, le chemin de la vertu leur semble trop difficile, quelque frayé qu'il soit aujourd'hui, & celui du crime leur

PRÉFACE.

paroiſſant plus commode, ils ne manquent pas de guides parmi leurs contemporains pour les y conduire: au ſurplus, il faut convenir que ces ſortes de Livres ſont des amuſemens très-frivoles , & qu'on feroit bien mieux de ne s'occuper que de pieux ſujets; mais il n'eſt pas donné à tout le monde de vivre dans l'auſterité qu'exige, à la rigueur, une Religion auſſi pure que la nôtre. Les Souverains diſpenſateurs des Loix, tant divines qu'humaines, permettent ou tolerent les divertiſſemens qui n'ont rien en eux de criminel ; malheur à ceux qui en font un mauvais uſage,

PREFACE.

peut-être n'en feroient-ils pas un meilleur des chofes les plus faintes ; & à l'égard des Ecrivains, prefque tous feroient témeraires, s'ils entreprenoient un travail au-deffus de leurs forces, & qui demande pour perfuader, autant d'édification dans la vie, que d'onction & de force dans l'efprit. Pour moi je me reconnois très-incapable de parler dignement de ce que je me contente d'adorer ; & je ne puis me repentir d'avoir employé quelque tems à la compofition d'un petit Ouvrage, que des perfonnes d'un goût exquis ont approuvé, & dont

PREFACE.

tous les évenemens le trouvent dans les histoires les plus
graves.

APPROBATION.

J'AY lû par ordre de Monseigneur le Garde des Sceaux, un Ouvrage qui a pour titre : *Les belles Grecques, ou l'Histoire des plus fameuses Courtisannes de la Grece*, je n'y ai rien trouvé qui puisse en empêcher l'Impression. A Paris ce 25 Octobre 1736.

Signé, JOLLY.

PRIVILEGE DU ROI.

LOUIS, par la grace de Dieu, Roy de France & de Navarre : A nos amez & féaux Conseillers les gens tenans nos Cours de Parlement, Maîtres des Requêtes ordinaires de notre Hôtel, Grand Conseil, Prevôt de Paris, Baillifs, Sénéchaux, leurs Lieutenans Civils & autres nos Justiciers qu'il appartiendra : SALUT. Notre bien amé PIERRE PRAULT pere, Libraire & Imprimeur à Paris, Nous ayant fait remontrer qu'il souhaiteroit imprimer ou faire imprimer & donner au Public, l'*Histoire de l'Empire des Scherifs en Affriques*, *Methode pour apprendre l'Histoire des faux Dieux*, par le P. POMEY, & les *Oeuvres de Madame* DURAND, s'il Nous plaisoit lui accorder nos Lettres de Privilege sur ce necessaires ; offrant pour cet effet de les faire imprimer ou imprimer en bon Papier & beaux Caracteres, suivant la Feüille imprimée & attachée pour modele sous le Contre-scel des Présentes. A CES CAUSES, voulant traiter favorablement ledit Exposant, Nous lui avons permis &

permettons par ces Prefentes, de faire imprimer ou imprimer lefdits Livres ci-deffus fpecifiés, conjointement ou féparément, & autant de fois que bon lui femblera, fur Papier & Caracteres conformes à ladite Feüille imprimée & attachée pour model fous le contre-fcel des préfentes, & de les vendre, faire vendre & débiter, partout notre Royaume, pendant le tems de *fix* années confecutives ; à compter du jour la datte defdites préfentes ; Faifons défenfes à toutes fortes de perfonnes de quelque qualité & condition qu'elles foient, d'en introduire d'impreffion étrangere dans aucun lieu de notre obéiffance ; comme auffi à tous Imprimeurs, Libraires & autres, d'imprimer, faire imprimer, vendre, faire vendre, débiter ni contrefaire aucuns defdits Livres ci-deffus expofés, en tout ni en partie, ni d'en faire aucuns extraits, fous quelque prétexte que ce foit d'augmentation, correction, changement de titre ou autrement, fans la permiffion expreffe & par écrit dudit Expofant, ou de ceux qui auront droit de lui, à peine de confifcation des Exemplaires contrefaits, de quinze cens livres d'amende contre chacun des contrevenans, dont un tiers à Nous, un tiers à l'Hôtel-Dieu de Paris, l'autre tiers audit Expofant, & de tous dépens, dommages & interefts ; à la charge que ces Prefentes feront enregiftrées tout au long fur le Regiftre de la Communauté des Imprimeurs & Libraires de Paris, dans trois mois de la date d'icelles ; que l'Impreffion de ces Livres fera faite dans notre Royaume & non ailleurs ; & que l'Impetrant fe conformera en tout aux Reglemens de la Librairie ; & notamment à celui du 10 Avril 1725. & qu'avant que de les expofer en vente les Manufcrits ou imprimés qui auront fervi de copie à l'impreffion defdits Livres feront remis dans le même état où les Approbations y auront été données, ès mains de notre très-

cher & féal Chevalier Garde des Sceaux de France,
le fieur Chauvelin, & qu'il en fera enfuite remis
deux Exemplaires de chacun dans notre Bibliotheque publique, un dans celle de notre Château du
Louvre & un dans celle de notredit très cher &
féal Chevalier, Garde des Sceaux de France le
Sieur Chauvelin; le tout à peine de nullité des
prefentes: Du contenu defquelles vous mandons
& enjoignons de faire joüir l'Expofant ou fes
ayans caufes, pleinement & paifiblement, fans
fouffrir qu'il leur foit fait aucun trouble ou empê-
chement : Voulons qu'à la copie defdites Préfentes
qui fera imprimée tout au long au commencement
ou à la fin defdits Livres, foit tenuë pour dûëment
fignifiée, & qu'aux copies collationnées par l'un
de nos amés & feaux Confeillers-Secretaires, foy
foit ajoûtée comme à l'Original; commandons au
premier notre Huiffier ou Sergent de faire pour
l'execution d'icelles tous Actes requis & neceffai-
res, fans demander autre permiffion, & nonobftant
clameur de Haro, Chartre Normande & Lettres
à ce contraires : CAR TEL EST NOTRE PLAISIR.
DONNÉ à Paris le vingt-uniéme jour du mois
d'Aouft, l'an de Grace mil fept cent trente-deux ;
& de notre Regne le dix-feptiéme. Par le Roy en
fon Confeil. *Signé*, S A I N S O N.

*Regiftré fur le Regiftre VIII. de la Chambre
Royale des Libraires & Imprimeurs de Paris,
N°. 470. fol. 392. conformément aux anciens
Réglemens, confirmés par celui du 22 Fevrier
1725. A Paris le 30 Août 1732.*

G. M A R T I N, *Syndic*.

TABLE

Des Histoires contenuës en ce Volume.

LES

Crépy Sc.

LES
BELLES GRECQUES.

RHODOPE.

L E Philosophe Xantus
étant allé faire un voya-
ge en Thrace pour y
acheter des Esclaves, vit
par hazard la jeune Rhodope, qu'il
trouva si jolie dans sa plus tendre
jeunesse, qu'il proposa à ses parens
de la lui vendre ; ils étoient pau-
vres, & n'eurent pas de peine à y
consentir. Xantus reprit bien-tôt
la route d'Egypte, & presenta la
petite Thracienne à sa femme, qui
la reçut avec beaucoup de plaisir

A

pour les graces naïves qu'elle trouva dans sa personne, & pour l'esprit qu'elle faisoit paroître dèslors.

La beauté de Rhodope augmenta de telle sorte en quelques années, que les autres Esclaves qui étoient en grand nombre dans cette maison, en conçurent de la jalousie ; mais Rhodope exempte de cette passion, par l'assurance que lui donnoient ses charmes, ne s'appliqua qu'à se rendre de plus en plus aimable & digne des louanges dont on la combloit.

Elle étoit dans cet âge brillant, où quand la beauté augmente, on en peut encore esperer une plus parfaite ; lorsque Xantus acheta le celebre Esope : on sçait que l'ayant trouvé parmi un grand nombre d'Esclaves bien faits, qui se vantoient de sçavoir tout faire, & l'ayant interrogé à son tour, il lui dit qu'il ne sçavoit rien, puisque ses camarades sçavoient tout. Cette

réponfe, & le bon marché qu'en
fit le Marchand déterminerent le
Philofophe à n'acheter que lui ; il
fe fit un divertiffement d'aller dire
à fon Epoufe, qu'il vouloit lui
prefenter le plus bel homme du
monde, dont il venoit de faire l'ac-
quifition. Cette femme ne foup-
çonnant point la plaifanterie de
fon mari, courut au-devant d'E-
fope, fuivie de toutes fes Efclaves ;
la laideur & la difformité du Phrigien les fit tous reculer quelques
pas : chacune d'elles donna des
marques du dégoût qu'il leur caufoit. La feule Rhodope eut pitié
d'une reception fi offençante, elle
lui parla même avec bonté, & foit
inclination particuliere ou defir
de plaire en general, elle lui marqua dès ce premier moment, une
diftinction obligeante, dont la
compaffion ne parut pas la feule
caufe. Il feroit ennuïeux de rapporter ici les diverfes occafions
où l'efprit d'Efope commença à

briller , à peine les ignore-t'on,
avant même que fçavoir lire ,
Rhodope, dont le goût étoit naturellement fin & délicat , donnoit
aux réponfes du Phrigien tout le
prix qu'elles méritoient, & en fentoit redoubler fon inclination naif-
fante; elle en laiffoit échaper mille
marques. Efope étoit trop pénétrant pour ne s'en pas appercevoir,
& trop fenfible pour n'en être pas
touché. Mais il fe connoiffoit auffi
trop bien , pour s'abandonner au
penchant qui l'entraînoit, & à de
flateufes avances, qui , quoique
modeftes & timides, ne pouvoient
néanmoins lui échaper. Comment,
fe difoit-il à lui-même , pouroit-on
fe laiffer aveugler au point de n'ê-
tre pas effrayé de ma laideur? je le
fuis moi - même quand le hazard
me prefente un miroir ou une fontaine ; l'efprit que j'ai reçû des
Dieux peut il balancer un moment
mon effroyable figure aux yeux
d'une jeune perfonne? & quand il
feroit ainfi, cela fuppofe-t-il de

l'amour ; c'eſt pourtant de l'a-
mour, ſi je ne me trompe, que la
charmante Rhodope veut me té-
moigner; qu'elle ſeroit adorable,
ſi mépriſant les frivoles..... Mais
non, reprenoit-il, c'eſt la paſſion
que je ſens pour elle qui me flate:
réduit à renoncer aux féductions de
l'amour propre, je ne puis douter
que je ne ſois le plus laid homme
de la terre : & ſi je n'en veux être
le plus ridicule, il faut que je ſoup-
çonne une cruelle raillerie ſous
des apparences ſi agréables. Eſope, par ce raiſonnement, tenoit
pour ſuſpectes toutes les petites
attaques de Rhodope ; mais comme il la trouvoit la plus belle fille
du monde, l'amour inſenſiblement
féduiſoit ſa raiſon, & il méditoit ſans
ceſſe, pour approfondir un myſ-
tére qu'il trouvoit d'autant plus
impénétrable qu'on prenoit mille
ſoins de le lui dévoiler. Peut-être
doit-on l'art ingénieux avec lequel
il a peint les paſſions des hommes,

aux divers mouvemens qu'il fentit dans celle que Rhodope lui infpira.

Cependant la foibleffe de fon cœur ne fe laiffoit point voir au dehors, il negligeoit même de rendre à cette belle fille les fervices qu'il rendoit à fes compagnes; elle lui en faifoit fouvent des reproches, ou quelques fois l'aigreur fe mêlant à la tendreffe, elle lui difoit de ces chofes piquantes, dont le principe eft fi doux.

Un jour qu'il la regardoit tranquillement puifer de l'eau à une fontaine fans lui offrir fon fecours, elle lui dit avec colere : En verité Efope, ou vos yeux font de mauvais juges, ou votre pénétration eft bien bornée : je croi valoir du moins celles que vous me préferez, & par ma perfonne & par.....
A ces mots une aimable rougeur couvrit fes jouës & elle ceffa de parler. L'adroit Phrigien connoiffoit trop bien la nature pour n'être

pas charmé d'un trait comme celui-là. Mais il ne voulut point aider l'expreſſion de Rhodope, au contraire il la regarda avec indifference, comme s'il n'eût rien compris à ſon diſcours. Ah ç'en eſt trop, dit-elle en jettant l'eau du Vaſe qu'elle avoit eu bien de la peine à remplir, il n'y a peut-être point d'homme en Egypte qui reçût ainſi le témoignage de ma foibleſſe.

Quelques larmes que le dépit fit répandre à la belle Eſclave, acheverent de la rendre ſi touchante, qu'Eſope fut prêt de ſe jetter à ſes pieds ; mais jugeant plus à propos de ſe déclarer à ſa maniere, il lui dit , qu'il vouloit lui conter un apologue, & il prit la parole en ces termes:

Pluſieurs Tourterelles vivoient dans une cage ſans Tourtereaux, ſans liberté, & par conſequent ſans amour, & ſans plaiſirs ; un corbeau du voiſinage trouva moyen de se mettre en societé avec elles, il y en avoit une entr'autres, belle & jeune qui soutenoit plus impatiemment que ses compagnes l'inutilité de son cœur. Souvent elle donnoit de petit coups de bec au corbeau , qui ne l'avoit trouvée que trop digne de plaire ; mais sçachant combien il étoit noir & laid, il voulut cacher ses feux sous une feinte indifference pour mieux découvrir les sentimens de la blanche tourterelle : cette conduite lui réüssit, il en sentit des transports dont les Dieux pourroient être jaloux ; aussi son bonheur n'est-il troublé que par la crainte de se voir enlever un jour sa maîtresse par le puissant oiseau de Jupiter.

Ainsi finit Esope par une espece de prophétie qui fut confirmée dans la suite. Rhodope eut le tems d'essuïer ses larmes ; un gracieux souris parut sur sa bouche : mais loin que la déclaration d'Esope la rendît plus hardie à s'expliquer, elle n'y répondit qu'en badinant, & il eut la douleur de croire s'être livré à ce ridicule qu'il avoit tant apprehendé. Voilà, s'écria-t-il, cruelle Rhodope, voilà ce que je craignois de ma difformité; ce n'étoit donc que pour me tromper que vous me traitiez favorablement ? N'êtes-vous pas trop heureux, reprit-elle malicieusement ? je vous ai donné de l'esperance; on dit qu'il n'y a rien de si doux. Oui, inhumaine, repliqua-t-il, j'ai goûté des plaisirs délicieux dans cette esperance flateuse; mais combien en suis-je maintenant plus à plaindre ? Il voulut s'en aller. A ces mots Rhodope feignit d'en rire; mais enfin lui tendant la main avec ces manieres flatteuses dont les belles femmes enlevent les cœurs, elle le mit au comble de la félicité par cinq ou six paroles, peut-être moins tendres que mille autres qu'elle lui avoit dites auparavant.

Après cette petite conversation

qui se termina par des assurances
réciproques de s'aimer toujours:
Esope descendit à la fontaine, remplit le vase que Rhodope avoit vui-
dé dans son dépit, & s'en chargea
avec ce plaisir qu'on goûte à rendre service à ce qu'on aime : il crut
même marcher plus legerement
que de coutume. Le génie agréable de ce Phrigien lui fournit dans
la suite mille nouveaux moyens
de plaire à Rhodope & de la divertir; tantôt il faisoit des guir-
landes de fleurs pour orner ses cheveux, tantôt il lui apportoit les
plus beaux fruits de la saison, il lui
instruisoit des oiseaux à chanter &
à parler; il apprit cent jolis tours
à une petite chienne qu'il lui donna; & ces offrandes si simples en
apparence, étoient toujours ac-
compagnées d'ingénieuses fables,
dont le sens étoit galant ou mo-
ral. Rhodope connoissoit tout le
prix de ses ouvrages; & comme les
images agréables cachent ce que

la verité a de trop férieux, la raifon de trop trifte, & la fcience de
trop rebutant ; le fpirituel Efope
qui fçut joindre avec tant d'art le
plaifant à l'utile, apprit en badinant à Rhodope les belles Lettres
& la Philofophie, avec tant de
fuccès, que l'admiration fe joignant à l'amour, compofa une efti-
me paffionnée qui faifoit les plus
charmans délices de fa vie.

L'efclavage de Rhodope ne lui
paroiffoit plus dur à fupporter ; le
Phrigien épargnoit à fes belles
mains les ouvrages groffiers auf-
quels fa condition l'affujettiffoit,
& divertiffoit fon efprit & fon imagination par la plus aimable converfation du monde ; mais la defti-
née de ces deux amans devoit être
trop differente pour les laiffer
jouïr long-tems de leurs tendres
plaifirs. Charaxus, frere de la céle-
bre Sapho & le plus riche trafi-
quant de fon fiecle, dont les affaires l'obligeoient fouvent à paffer

en Egypte, entendit parler de la
beauté de Rhodope; il fit connoiffance avec Xantus pour avoir occafion d'en juger par fes yeux; il
la trouva au-deffus de ce qu'il en
avoit appris, & le Philofophe n'é-
tant pas infenfible à un gain confi-
derable, accepta, après quelques
legeres difficultés, le prix exceffif
dont Charaxus voulut bien payer
cette charmante efclave.

Quelques auteurs font bien
mention des amours de Rhodope
& du Phrigien; mais aucun n'a parlé des fentimens qu'ils eurent à
cette féparation. Il faut donc croire que la Philofophie empêcha
Efope de faire éclater fon défefpoir dans un malheur qu'il n'étoit
pas le maître de détourner; & que
Rhodope ayant reçu la liberté de
Charaxus, qui la jugea plus digne
de donner des chaînes que d'en
porter, oublia dans peu un amant
dont la perfonne avoit de fi étranges défauts; au moins fçait-on qu'el-

le quitta Charaxus peu après qu'il
l'eut renduë libre, & que comblée
des trésors dont il l'avoit enrichie,
elle alla s'établir à Naucratis Ville
d'Egypte, dont les habitans étoient
riches & voluptueux. Charaxus qui
aimoit passionnément cette femme, abandonna pendant un tems les
soins de son negoce, pour avoir le
plaisir de joüir de sa vûë; & quittant Mytilene, où il étoit établi,
il courut à Naucratis où il trouva
Rhodope environnée d'amans, &
faisant hautement le métier de
courtisanne; mais avec une splendeur & une pompe qui la lui fit
trouver plus belle mille fois que
lorsqu'il en étoit l'unique possesseur. Il lui fit encore part de ses
biens & ainsi qu'une divinité elle
reçut ses offrandes, sans se croire
obligée d'exclure celles de ses autres adorateurs.

Le foible Charaxus se contenta
de cette bonté partagée; enchanté par les regards de Rhodope, il

imagin it sonabsence plus cruelle
que la pauvreté ; & ce ne fut que
par le mépris dont elle paya ses
empressemens lorsque ses présens
diminuerent, qu'il se réveilla comme d'un songe, & qu'il courut
amasser de nouveaux tresors pour
avoir de nouvelles faveurs. Sapho
qui n'ignoroit pas la passion de son
frere étoit au desespoir de le voir
ruïner auprès d'une maîtresse qui
ne l'honoroit pas ; elle lui en parla
plusieurs fois en des termes très-
forts, il se défendoit d'ordinaire
sur le pouvoir de la beauté ; mais
comme elle avoit pris beaucoup
d'autorité sur lui, elle ne cessoit de
censurer sa conduite ; à la fin cela
l'impatienta & oubliant tout-à-
coup les droits du sang & le mérite
de son illustre sœur, il lui dit ;
Cesse, Sapho, de me tourmenter
sur une femme que j'adore , ou
commence par te corriger toi-
même : Que n'as-tu point aimé ?
que n'aimes-tu point encore ? est-il

quelques bornes où tu t'arrêtes ?
J'adore Rhodope. Eh qui pourroit
ne la pas adorer ! Si c'eſt une faute,
en eſt-il de plus pardonnable ?
Mais toi, ſœur injuſte, qui pourroit excuſer les deſordres de ton
cœur ? Charaxus entra alors dans
un détail qu'il n'eſt pas à propos de
rapporter ici. Sapho ne demeura
pas ſans replique ; mais une ſi ai-
gre converſation les broüilla ab-
ſolument & n'opera pas le moindre changement dans les mœurs
de l'un ni de l'autre.

Le lecteur ne ſera peut-être
pas fâché qu'on faſſe en cette endroit une courte digreſſion, pour
dire quelques mots de la fameuſe
Sapho. Peu de gens ignorent ſon
Hiſtoire ; mais il eſt de certains
noms en faveur deſquels les re-
petitions ſont permiſes. Cette ſçavante fille joignit aux plus déli-
cats ſentimens de l'amour, une vivacité qui ne lui permit pas de s'arrêter aux limites ordinaires de cet-

te paſſion ; la beauté lui parut toujours digne d'être aimée par tout
où elle s'offroit à ſes yeux : du
moins ſi nous en croyons l'antiquité qui a fait paſſer juſqu'à nous les
noms d'Atis, de Cidno & de The-
leſile, qu'elle a celebrés dans ſes
vers, & Phaon n'en eut pas été aimé avec tant de tranſport ni chanté avec tant d'ardeur, s'il n'eût été
le plus beau & le plus gracieux
homme de ſon ſiecle ; ce jeune
homme fut attaqué par Sapho de
toutes les manieres qu'elle put imaginer. Elle fit pour lui des ouvrages divins ; elle le ſuivoit en tous
lieux ; elle faiſoit parler ſes yeux
que tout le monde ſçait qu'elle
avoit d'un brillant extraordinaire ;
elle lui parla enfin avec cette éloquence à laquelle il n'étoit pas
poſſible de réſiſter ; & l'amour y
joignant la perſuaſion, Phaon ſe
rendit à des témoignages ſi tendres & ſi preſſans. Sapho goûta le
plaiſir de triompher de ſon cœur ;

loin

loin de faire myſtere de cette conquête, elle en tiroit ſa gloire ; dès
long-tems ſoumiſe à l'amour , il
lui ſembla n'avoir jamais aimé juſqu'alors.

Il eſt ſouvent dangereux d'en
trop faire paroître ; les plus belles
y trouvent quelquefois leur
écüeil ; comment Sapho qui ne
l'avoit jamais été, & que la grande
jeuneſſe ne ſoûtenoit plus, auroit-
elle preſcrit contre une regle preſque générale ? Phaon devint in-
ſenſible pour elle ; ſes empreſſe-
mens commençoient à l'importuner ; ſa converſation ne le diver-
tiſſoit plus ; il avoit toujours affaire où Sapho n'étoit point ; enfin il
feignit une neceſſité de paſſer en
Sicile où il étoit né, & ranimant
ſes feux en apparence, il fit mille
& mille promeſſes à Sapho de re-
tourner peu après à Leſbos, mais
les promeſſes des amans ſont écrites ſur le ſable , & celui-ci n'avoit
eu nulle intention de tenir la ſien-

B

ne. Il reçut plusieurs lettres de Sapho, qui malgré leur beauté &
leur tendresse, n'en purent obtenir
une réponse. Un procedé si outra-
geant se fit sentir au cœur de la
Lesbienne, sans neanmoins éteindre son amour. Comme il est naturel de se flater, elle voulut aller
s'éclaircir elle-même sur les lieux;
elle passa en Sicile, où l'insensi-
bilité de Phaon fut confirmée, il
la lui avoüa avec quelques remords; mais sans esperance de retour. L'infortunée Lesbienne ne
pouvant soutenir son sort sans désespoir, & voulant éviter de longues souffrances, monta sur la ci-
me d'un rocher appellé depuis le
reméde des Amans malheureux,
& se précipita courageusement
dans la mer.

Phaon ayant appris une si funeste catastrophe, donna quelques
larmes à sa mémoire; mais comme il n'y avoit que la simple com-
passion & la reconnoissance qui

les fist verser, il songea bien-tôt
à chasser une idée qui pouvoit lui
causer quelque repentir. La repu-
tation de Rhodope voloit dans
tous les climats. Charaxus lui-
même, sans songer qu'il pouvoit
s'attirer des Rivaux en vantant ses
charmes, en avoit fait souvent des
peintures qui avoient touché la
curiosité de Phaon ; l'oisiveté de
sa vie & le desir de voir une si
éclatante beauté, le déterminerent
à faire un voyage en Egypte. Il se
mit en chemin avec un seul do-
mestique, & si-tôt qu'il fut débar-
qué, il acheta des chevaux & ne
s'arrêta en aucun lieu pour arriver
plûtôt à son but.

Il étoit assez tard, quand il fut
proche de Naucratis, & précisément à cette heure délicieuse, où
le Soleil ne répandant plus qu'u-
ne foible lumiere, laisse respirer
un air frais & pur dans les climats
les plus brûlans ! Phaon avoit à
peine goûté la douceur de cette

B ij

foirée, lorfqu'il apperçut un nombre infini d'ouvriers qui travailloient à l'élevation d'une fuperbe
pyramide ; la curiofité le fit approcher pour voir de plus près cet
Edifice ; mais que fes yeux furent
bien-tôt plus agréablement occu-
pés : Une jeune & divine perfonne étoit feule fur un chariot magnifique ; un nombreux cortége
d'homme bien faits, galamment
parés, & montés fur des chevaux
merveilleux, entouroient le chariot ; ce fpectacle avoit quelque
chofe de brillant & d'enchanteur.
La joye étoit répanduë dans cette
troupe ; Phaon avoit d'abord fixé
fes regards fur la Dame du chariot,
& fçachant qu'il n'y avoit point
alors de Reine en Egypte, il ne
douta pas un moment que ce ne
fût la charmante Rhodope.

Les yeux d'une perfonne galante faifant d'ordinaire bien du chemin ; ceux de Rhodope frappés
d'un nouvel objet, s'animerent

d'un fi beau feu, que Phaon en demeura tout éperdu; elle crut s'appercevoir qu'il étoit touché de fes
charmes : Eh qui êtes-vous ? lui
dit-elle, en lui faifant figne d'approcher : Quel Pays vous a vû
naître; & fi vous n'êtes pas Phaon,
quel homme peut être fait comme vous ? Phaon furpris & flaté
d'un fi doux accüeil lui avoüa qu'il
fe nommoit ainfi. Suivez-moi, lui
dit Rhodope, fi le deffein de votre voyage vous le peut permettre; je ferai bien aife d'apprendre
vos avantures, & fur tout celle de
Sapho. Phaon ayant eu le tems de
fe remettre, répondit de fort bonne grace : que n'étant venu en
Egypte, que pour la voir, il étoit
prêt à lui facrifier, & fon tems &
fa vie. Rhodope paya cet obligeant
difcours d'un figne de tête gracieux, & faifant tourner fon chariot du côté de la Ville, elle ne
parla plus qu'à Phaon pendant tout
le chemin.

Cependant le malheureux Charaxus témoin de cette entrevûë, ne pouvoit fe pardonner d'avoir peut-être donné lieu au voyage de Phaon & à la prévention de Rhodope ; il fçavoit que les femmes font d'ordinaire difpofées favorablement pour ceux qui ont donné de grandes paffions, & fur tout à des perfonnes extraordinaires ; il avoit mille fois conté à Rhodope la tragique fin de Sapho, & cette feule circonftance injurieufe, ce lui fembloit, à Phaon, lui donnoit quelque efperance que la belle Thracienne feroit en garde contre un pareil fort. Mais qu'il connoiffoit mal le cœur humain, & fur tout celui d'une femme ! Jamais les exemples n'en ont corrigé, & l'amour propre fe promet toujours des miracles.

Lorfque Rhodope & fes Amans furent arrivés, Phaon qui n'avoit eu d'attention que pour elle, démêla Charaxus dans la foule avec

chagrin, comme un rival en pof-
feſſion ; mais Charaxus déja outré
contre Phaon de l'avanture de ſa
ſœur, le regarda comme un rival
odieux , capable de toucher le
cœur de ſa Maîtreſſe : faveur qu'aucun de ſes amans n'avoit pû obtenir depuis Eſope ; car Rhodope
ne ſongeant qu'à faire une grande
fortune, ſatisfaiſoit leur ardeur ſans
répondre à leurs ſentimens , & par-
là leur laiſſoit toujours quelque
choſe à deſirer ; elle confirma toutefois les preſſentimens de Charaxus, & conduite par un deſtin
bizarre depuis le plus laid juſques
au plus bel homme de la terre,
elle ne trouva rien digne d'un veritable attachement.

La liaiſon qu'il y eut entr'elle &
Phaon, fut traitée avec autant de
délicateſſe que ſi la Courtiſanne
eût été metamorphoſée en Reine,
parce qu'ils s'aimerent véritablement : auſſi faut-il convenir que la
plûpart des déſordres qu'on attri-

buë à l'amour, font plûtôt des fuites d'un naturel vicieux, que des
dépendances de cette paffion, &
que le parfait amour loin de cor-
rompre le cœur l'éleve & le puri-
fie; fi quelquefois les fens en veu-
lent troubler l'innocence, c'eft
une irruption dont les perfonnes
vertueufes peuvent aifément fe garantir. Cette petite Apologie de
l'amour eft échapée & n'eft même
pas à fa place ; car il eft à croire
que les fens furent admis dans
le commerce dont nous parlons;
mais du moins en fit-on quelque
myftere, & c'eft tout ce qu'on peut
efperer dans une héroïne de la pro-
feffion de Rhodope. Tandis qu'elle
donnoit en fecret mille marques
de tendreffe à Phaon, Charaxus fe
défefperoit, & obtenoit à peine un
regard favorable; une conduite fi
ingrate le contraignit à rentrer
dans fon trafic ordinaire, pour être
en état d'adoucir Rhodope par de
nouveaux préfens. A peine fit-elle
attention

attention à son départ ; enchantée près de Phaon, tout le reste lui étoit indifferent, & les journées lui paroissoient trop courtes, quand elle ne les passoit qu'avec lui.

Elle avoit voulu sçavoir jusques aux moindres particularités de son intrigue avec Sapho ; il lui avoit obéi, & quoiqu'il parût insensible à la memoire de cette illustre Fille, elle ne laissoit pas de trouver qu'il avoit un souvenir trop present de toutes les marques d'amour qu'il en avoit reçûës ; elle exigea même qu'il lui sacrifiât les lettres qu'elle lui avoit écrites, & les Vers qu'elle avoit faits pour lui. Elle n'eut pas si-tôt entre les mains ces précieux gages du dévouëment de Phaon, que les lisant avec empressement, elle y trouva de nouveaux sujets de se tourmenter : les peintures vives d'un amour qu'elle avoit si bien senti, les traits qui marquoient que Phaon avoit partagé ses chaînes, tout enfin por-

C

ta de si cruelles atteintes de jalousie dans l'ame de Rhodope, qu'elle
brûla inhumainement des ouvrages
qui devoient éternellement durer;
voilà ce qui en a privé la posterité,
& ce n'est pas un des moindres
maux qu'ait causé cette funeste
passion. Une seule Epître échapa
à la proscription générale, le hazard l'avoit fait tomber dans les
plis de la robe de Rhodope; une
Esclave grecque qui avoit de l'esprit, la trouva en deshabillant sa
Maîtresse, & saisit avec avidité ce
present du destin. Cette Epître fut
écrite les premiers jours du départ
de Phaon; l'on y remarquera aisé-
ment le désordre d'un cœur allarmé, & peut-être même, que quelque main indiscrete en aura altéré
les plus grandes beautés. Les voici.

Quoi! tu peux oublier tous nos plaisirs pas-
    sés,
Ces plaisirs enchanteurs, qui séduisoient mon
    ame!
Ah! de ton souvenir, seroient-ils effacés!

Si comme dans mon cœur, par des traits tout
    de flâme,
Dans le tien, cher Phaon, amour les eût tra-
    cés,
    Ta bouche, exprimant ton martyre,
Mille fois m'a juré d'éternelles amours :
    Ta main a daigné me l'écrire ;
    Cependant, depuis quelques jours,
    Que tu m'as livrée à l'absence,
Ingrat, tu me trahis, tu gardes le silence ;
Je n'attens, je ne veux de repos, de secours ;
Ni par le changement, ni par l'indifference,
Un affreux desespoir, sera mon seul recours ;
    Si par ton aimable présence
    Tu n'en viens arrêter le cours.
Helas ! il m'en souvient; quand mon cœur plein
    d'allarmes,
    Craignoit ton infidelité :
Je tournois vers le Ciel, mes yeux baignés de
    larmes,
Pour demander aux Dieux un peu plus de
    beauté :
Reprenez cet esprit, dont on vante les charmes,
Leur disois-je, grands Dieux ! pour plaire &
    pour aimer
    Tant d'esprit est peu necessaire :
Sans la beauté, rarement on peut plaire :

Mais l'amour feul, fuffit à s'exprimer.
Tu me jurois alors, que Vénus elle-même,
    Sur moi n'auroit pû l'emporter;
Et dans les doux tranfports de mon bonheur
    extrême,
    Je ne trouvois plus rien à fouhaiter.
Un foir nous croyans feuls dans toute la na-
    ture,
    J'atteftois l'amour, & Vénus,
Que fi tu m'adorois, je t'aimois encor plus,
    Non, me dis-tu, chere Sapho, je jure,
    Que mon amour l'emporte fur le tien:
Voyons qui de nous deux, dans ce doux en-
    tretien,
Tracera de fes feux la plus víve peinture:
J'acceptai le défi; tes difcours, mes foupirs,
Exprimant à l'envi nos vœux, & nos defirs,
Tu prodiguas fi bien l'amoureufe éloquence,
Qu'à peine mon ardeur fit pencher la balance,
Ah! de quel tems heureux, vais-je me fouve-
    nir!
        Quel fruit en puis-je attendre!
Si bien-tôt, cher ingrat, tu ne veux revenir,
    Et raffurer un cœur trop tendre,
Contre le doute affreux d'un cruel avenir.

Rhodope avoit trouvé cette Epi-
tre fi amoureufe, qu'elle auroit eu,

un horrible chagrin, si elle eût
appris son sort ; mais heureuse-
ment l'Esclave ne s'en vanta pas :
Cependant, Phaon étoit persécu-
té par Rhodope, sur le souvenir
de Sapho ; elle avoit des délicatesses là-dessus, qui, aprés lui avoir
fait un grand plaisir, commencerent à l'importuner. Il lui fit entendre poliment, qu'elle n'étoit
pas en droit de désirer un cœur
tout neuf. Elle fut offensée de ce
reproche ; mais à la fin, ennuyé de
querelles d'un côté, accablé de
faveurs de l'autre, le leger Phaon,
fit succeder l'indifference à l'ardeur de sa passion : & son séjour en
Egypte, fut même assez court, pour
que la plûpart des Historiens ayent
ignoré, qu'il eût quitté la Sicile
depuis son retour de Lesbos. Soit
gloire, soit inconstance, Rhodope ne fit pas le moindre effort pour
l'arrêter. Les Adorateurs revinrent avec plus d'empressement que
jamais ; & on eût dit que c'étoit

uneDéesse nouvelle, qui leur appa-
roissoit, tant ils se trouverent heureux d'être débarrassés d'un concurrent trop aimable, & trop aimé. Charaxus revint aussi bien-tôt
après, & achevant de se ruiner auprès d'elle, il lui devint insupportable, quand il n'eut plus que son
amour à lui offrir. Il souffrit quelque tems ses mépris ; mais enfin ;
il prit le parti de la retraite, & partant de Naucratis dans une extrême pauvreté, il tâcha vainement
de s'en relever par son commerce
ordinaire. Il avoit absolument per-
du son crédit, & le reste de sa vie
fut une perpetuelle souffrance.

Cependant Rhodope fit ache-
ver sa pyramide qui, selon Pline,
étoit, sinon la plus grande, au moins
la plus parfaite & la plus ornée ;
la presence de Phaon en avoit un
peu suspendu les soins ; mais elle
ne confia pas à l'Egypte seule celui de conserver sa memoire ; le
Temple de Delphes reçut de sa

part de riches offrandes des choses les plus necessaires aux Sacrifices ; les vûës de sa gloire future
ne l'empêchoient par de chercher
tous les plaisirs ; les fêtes, la chasse,
la pêche l'occupoient tour à tour,
celui du bain lui paroissoit si
agréable, qu'elle attendoit impatiemment la saison où le Nil ayant
répandu ses eaux, se retire dans les
bornes que la Providence lui a
prescrites. Un pavillon magnifique & galant étoit tendu sur ses
bords le jour qu'elle vouloit se
baigner ; tout y respiroit la volupté, on y prodiguoit les parfums ; &
une agréable musique s'y faisoit
entendre pendant qu'on la desha-
billoit. Un autre pavillon s'élevoit
dans le Nil pour la garantir des
ardeurs du soleil ; ses amans l'ac-
compagnoient à l'envi, & for-
moient autour d'elle une cour
nombreuse & soumise. Les plus fa-
vorisés entroient à sa suite dans
une barque peinte & dorée, qui

la portoit à fon bain , & tâchoient d'ajouter à fes délices par
les loüanges dont ils la com-
bloient.

Un jour, plus brillante encore
qu'à l'ordinaire on lui trouva dans
fon deshabillé fuperbe & voluptueux, un éclat & une majefté qui
fembloient préfager fa prochaine
grandeur ; chacun s'empreffoit à
lui marquer fon admiration ; ceux
qui refterent fur les bords du fleuve regarderent cette petite abfen-
ce comme un veritable exil, heureux le petit nombre qui l'accom-
pagna dans fa barque ! fes femmes
même ne pouvoient détourner
leurs regards de deffus fon vifage ;
l'admiration caufoit un filence
dont la fiere Rhodope fentoit tout
le prix ; pendant cette attention
générale, une aigle fondit dans la
barque, faifit une de fes mules, l'en-
leva avec précipitation, & fendant
rapidement les airs , on la perdit
bien-tôt de vûë. Un incident fi

extraordinaire fut expliqué d'une commune voix à la gloire de Rhodope; elle seule sembla n'y prendre point de part, & badinant dans l'eau, elle dédaigna de répondre au tumulte & aux acclamations des spectateurs.

D'autre part, l'aigle vola droit à Memphis & posa la mule de Rhodope sur les genoux de Psammeticus, qui rendoit alors la justice sur son trône, ainsi qu'il avoit accoutumé. Une chose si nouvelle donna de la distraction à l'assemblée, & le Roi fut touché de curiosité à la vûë d'une petite chaussure qui promettoit le plus joli pied du monde : Il ordonna sur le champ qu'on cherchât avec soin dans tout son Royaume, celle à qui cette mule appartenoit & qu'on la conduisît auprès de lui ; c'est sans doute d'après cette Histoire qu'on a tiré un de nos contes de Fées. Psammeticus étoit un grand Roi, non-seulement par les vastes états qu'il possedoit, mais

encore par la maniere dont il les
gouvernoit , & par celle dont il
les avoit recouvrés fur les ufurpa-
teurs qui les avoient enlevés à fes
ayeuls. Ce Prince avoit paffé fa
jeuneffe en homme privé , & ne
pouvant alors remonter fur fon
trône à force ouverte , il fut contraint , pour parvenir à fes grandes
vûës , de gouverner quelque tems
le Royaume , lui douziéme , avant
que de fe rendre maître abfolu ;
mais enfuite fon efprit , fa valeur
& fa conduite lui acquirent le pouvoir fouverain , & il en ufoit en
Prince puiffant & jufte. Ce fut lui
qui , fur la celebre difpute arrivée
entre les Phrigiens & les Egyp-
tiens , au fujet de leur ancienneté,
fit enfermer deux enfans avec des
nourrices muettes jufqu'à l'âge
qu'ils purent parler. On dit que le
premier mot qu'ils prononcerent
quand on les tira de leur folitude
fignifiant du pain en Langue Phri-
gienne : l'avantage demeura à
ces Peuples dont ils fe glorifie-

rent extrêmement. Comme ce n'eſt pas l'Hiſtoire de Pſammeticus qu'on écrit, on ſe contente de marquer légerement quel il étoit.

Revenons à notre ſujet. Les Officiers de Pſammeticus coururent inutilement un grand nombre de Provinces ; ce ne fut qu'à Naucratis qu'ils trouverent ce qu'ils cherchoient. Le bruit y étoit encore répandu de l'avanture de l'aigle, & ils furent introduits chez Rhodope à qui ils rendirent compte de leur Commiſſion & de l'ordre de leur Maître : ſa beauté & le merveilleux qui ſe rencontroit dans l'enlevement de la mule, leur fit regarder Rhodope avec reſpect, comme deſtinée à de grandes choſes ; ils la prierent de prendre jour pour ſon départ ; mais comme elle vouloit paroître à Memphis dans un éclat qui ne démentît point ſa renommée, elle leur demanda un peu de tems, afin de pouvoir faire préparer un équipage ſomptueux. Lorſque tout fut en état, elle ſe mit

en chemin, fuivie des Officiers du
Roi; fes amans vouloient auffi l'accompagner, mais elle leur impofa
la dure loi de recevoir fes adieux
aux portes de Naucratis; les plus
amoureux firent éclater leur douleur par les plus triftes regrets, &
tous enfemble folemniferent ce départ par des larmes & des foupirs.
La vanité de Rhodope eut dequoi
fe fatisfaire; mais fon cœur ne prit
aucune part à leur affliction. Lorfqu'elle arriva à Memphis, les Habitans de cette grande Ville, la
voyant paffer fi pompeufe & fi
belle, jetterent des cris d'admiration qui augmenterent fes charmes & fa confiance. Pfammeticus
lui-même faifi d'étonnement &
d'amour au premier moment de fa
vûë, defcendit du Trône où il
étoit alors, & lui parla avec ce
trouble & cette foumiffion qui ac-
compagnent toujours le commencement d'une paffion violente.
Rhodope reçut tous ces honneurs
en perfonne d'efprit, avec refpect

& fans en être embarraffée; & conduite par le Roi dans le plus bel
appartement de fon Palais, fon air
avoit une majefté qui autorifoit
tout ce qu'il faifoit pour elle.

Quand Pfammeticus n'eut plus
de témoins que Rhodope, il lui
parla de fon amour naiffant dans
les termes les plus vifs & les plus
pleins d'ardeur; elle l'écouta fans
l'interrompre, & quand il eut ceffé
de parler: Seigneur, lui dit-elle
en fouriant, ma perfonne vous
plaît peut-être, mais mon efprit
& mon humeur peuvent avoir
mille défauts, permettez-moi de
m'affurer d'une conquête comme
la vôtre : il me feroit trop cruel de
la voir échaper. Pfammeticus un
peu furpris d'une réponfe qu'il n'attendoit pas d'une femme comme
Rhodope, ne repartit toute fois
que par des foupirs ; & la beauté,
cette puiffante enchantereffe, eut
le pouvoir cette fois de cal-
mer les defirs même qu'elle avoit
fait naître. Il eft certain que la ré-

fiftance de Rhodope donna plus
d'empreffement au Roi , & que
l'efperance de fe faire aimer lui
parut plus douce qu'une poffeffion
précipitée. Il mit tout en ufage
pour fléchir le cœur d'une maîtreffe dont la reconnoiffance im-
portoit à fon repos. Il déploya fa
magnificence dans les fêtes qu'il
imagina pour la divertir ; il fut affi-
du, empreffé ; fa paffion lui four-
niffoit mille galantes idées , & fes
galanteries toujours quelque chofe de paffionné. Rhodope con-
noiffant le prodigieux progrès
qu'elle faifoit dans fon ame , ne
mit plus de bornes à fon ambition;
une couronne lui parut le feul prix
digne de fes faveurs , & l'orguëil
fe joignant à l'amour propre, elle
ne voyoit plus que des couronnes
& des fceptres à fes pieds.

Un jour que Pfammeticus lui
peignoit fa paffion avec les couleurs les plus vives & les plus tou-
chantes, elle lui dit : Seigneur, j'a-
vouë que ma conduite paffée vous

doit faire trouver ma réſiſtance
inſupportable, & même peut-être
ridicule ; mais votre propre grandeur s'oppoſe à vos déſirs, je ſuis
accoûtumée à regner ſur les volontés & ſur les cœurs, je ſuis maîtreſſe abſoluë de ceux que l'amour
me ſoumet, & je n'aurai pas ſi-tôt
couronné votre amour, que vous
vous ſouviendrez que vous êtes
un puiſſant Monarque. Je ne l'ou-
blierai pas, Seigneur, continua-
t-elle, ſi vous en perdez la memoire ; toujours gênée par ce titre Ma-
jeſtueux, je craindrai ſans ceſſe de
vous perdre, & je vous perdrai in-
failliblement ; la conduite de votre
Empire, vos importantes occupa-
tions, vous feront negliger les
ſoins agréables de l'amour ; & ce
ſont cependant ces ſoins qui en
font l'enchantement & la durée.
Que vous dirai-je, Seigneur, je
vous regarderai toujours comme
mon Maître, tant que vous ne ſerez que mon amant ; & pour comble d'infortune vous ne me verrez

peut-être que comme votre esclave, tant que je ne serai que votre
Maîtresse.

Psammeticus écoutoit attentivement à quoi aboutiroient ces
paroles ; mais, charmante Rhodope, lui dit-il enfin, quel meilleur
garant voulez-vous de ma constance, que ce même amour que vous
offensez ? Ne disposez-vous pas
de mon cœur ? N'êtes-vous pas
maîtresse de mes trésors ? Voulez-vous la moitié de mes Etats?
Parlez, Rhodope, parlez, il est
peu de bornes que je prescrive aux
témoignages de mon ardeur. Ah!
Seigneur, reprit-elle, l'interêt a
peu de pouvoir sur mon cœur, les
offrandes que j'ai envoyees à Del-
phe, la pyramide dont j'ai orné
votre Royaume, l'or que j'ai répandu avec tant de largesse, ser-
viront de preuves à la posterité,
que Rhodope a été plus sensible
à la gloire qu'aux richesses ; à peine, ajoûta-t-elle, tous les biens
que

que vous poſſedez pourroient-ils remplacer mes profuſions. Le Roi tout amoureux qu'il étoit, vit avec ſurpriſe l'étrange ambition de Rhodope, il lui échapa quelque mots que le déſeſpoir lui arracha, elle les reçut avec moderation ; mais loin de lui en être plus favorable, elle en augmenta ſes rigueurs ; l'avanture de l'aigle vint alors à ſon ſecours. Pſammeticus que l'amour aidoit à tromper, y crut voir des motifs indiſpenſables d'une fierté qu'il ne croyoit pas naturelle ; cependant dans la crainte de s'affoiblir par une plus longue converſation, il lui dit en s'en allant : Cruelle Rhodope! vous me déſeſperez, ſongez que mon reſpect pourroit à la fin ceder à ma fureur ; je vous laiſſe pour quelques momens, vous êtes maîtreſſe de ma vie ou de ma mort, mais ſi vous differez encore à en décider, peut-être qu'avant de terminer mes jours, je vous donnerai lieu de

D

vous repentir de votre indifference.

Cet emportement ne déplut
point à Rhodope , au contraire ,
elle en augmenta ſes eſperances,
& le prompt retour du Roi la con-
vainquit qu'elle ne s'étoit pas trom-
pée dans ſes conjectures. Il revint
plus ſoumis que jamais lui demander pardon & lui propoſer une fête qu'il lui avoit fait préparer ſur
le Nil. Une infinité de barques
dorées au dehors, ornées de tapis
de Sidon au-dedans, & couvertes
de pavillons magnifiques relevés
galamment avec des cordons à
houpe d'or , brilloient ſur le port
de Memphis; toutes les Dames de
la Cour s'étoient parées pour cette promenade , les Seigneurs n'a-
voient rien oublié pour y paroître
avec éclat ; mille divers inſtrumens commencerent à ſe faire entendre lorſque le Roi & Rhodope s'embarquerent ; il y eut une
ſuperbe collation ; tout reſpiroit
la joïe dans cette illuſtre flotte; on

vogua lentement fur le Fleuve,
pour goûter le frais de la plus belle foirée du monde ; les rameurs
habillés d'étoffes précieuses, mefu-
roient fi jufte le mouvement de
leurs avirons aux fons de la mufique, que cela compofoit une har-
monie qui infpira bien-tôt une rêverie douce à toute cette troupe.
Rhodope étoit d'une beauté fi brillante, & fon air étoit fi touchant,
qu'à peine s'apperçut-on de la
prodigieufe quantité de perles &
de pierreries que la liberalité de
Pfammeticus avoit ajouté à fes
parures ordinaires ; auffi ne fongeant qu'à lui plaire, & oubliant
fon rang auprès d'elle, ce Roi
amoureux étoit à fes pieds & tâchoit à lui exprimer ce qu'il ne
fentoit que trop bien ; il lui jura
dans ce moment qu'il ne vouloit
afpirer qu'à toucher fon cœur, &
condamnant lui-même la violence de fes defirs, il trouvoit alors
un fentiment tendre la plus pré-

cieuse des faveurs ; c'étoit précifément le point où Rhodope avoit
voulu l'amener ; mais son art ne
s'en tint pas-là ; elle feignit quelques jours après une profonde triftesse, rien ne sembloit la divertir,
elle ne s'en trouvoit pourtant pas
moins aux diverses fêtes que le Roi
lui donna ; elle dansa même plusieurs fois avec tant de grace & tant
d'agrément, que les plus belles Dames d'Egypte en étoient jalouses,
& que tous les hommes lui auroient offert leurs vœux, s'ils
l'eussent osé ; mais si-tôt qu'elle
avoit lancé de nouveaux traits
dans l'ame de Psammeticus, elle
retomboit dans cette rêverie, dont
on vient de parler, & ne prenoit
point de part, en apparence, aux
loüanges excessives qu'elle recevoit. Cette conduite donna une
horrible jalousie au Roi, il alla se
figurer qu'elle regrettoit quelqu'un de ses Amans, ou qu'elle en
avoit trouvé dans sa Cour de dignes d'être aimés. Une si cruelle

penfée faillit à le faire mourir de
chagrin ; il s'en plaignit d'abord à
Rhodope en homme qui craint
mortellement d'apprendre ce qu'il
brûle pourtant de fçavoir. Elle répondit mal dans le commencement à fes plaintes & à fes reproches ; cela fit l'effet qu'elle en avoit
attendu. Le Roi ne pouvant cal-
mer les agitations de fon dépit,
entra dans des emportemens, dont
la caufe étoit précieufe à l'ambition de Rhodope. Non, Seigneur,
lui dit-elle un jour qu'elle crut
pouvoir fe rendre abfolument
maîtreffe de l'efprit de ce Monarque : Non je ne regrette perfonne,
& plût au Ciel, ajouta-t-elle arti-
ficieufement, que je n'euffe pas
pour vous des fentimens plus vifs
que ceux qu'on m'a jufqu'ici infpi-
rés. Eh bien, divine Rhodope,
reprit Pfammeticus, à quoi tient-
il donc que je ne fois l'homme du
monde le plus heureux ? A cette
même tendreffe, repliqua-t-elle,
qui me donne de mortelles ap-

prehensions de ne pouvoir vous
arrêter, si les chaînes.... A ces
mots elle cessa de parler, & baissa
les yeux d'un air timide. Le Roi
fut troublé jusqu'au fond du cœur,
& des paroles & de l'air de Rhodope ; peu s'en fallut qu'il ne se
déterminât à tout dès ce moment,
mais poussant un profond soûpir,
il lui dit: Belle Rhodope, je vous
adore, & les Dieux m'en sont témoins ; mais helas, que puis-je faire de plus, que de vous sacrifier
& mon cœur & ma vie ? Il sortit
brusquement à ces mots & laissa
Rhodope charmée de l'état où elle
avoit réduit cet Amant, de qui le
désordre lui promettoit une victoire prochaine.

Psammeticus se contraignit à
passer deux jours sans la voir, pendant lesquels il souffrit tout ce que
l'amour & la gloire, peuvent faire
endurer: Il prévoyoit d'un côté,
une résistance éternelle, ou une
necessité de déplaire à ce qu'il ai-

moit, s'il ne satisfaisoit son ambition: Il voyoit de l'autre, tout ce
que sa raison lui représentoit; le
combat étoit violent: à peine son
corps pouvoit-il résister aux agitations de son esprit. Il étoit en cet
état, quand Rhodope résoluë à lui
porter les derniers coups, entra
dans son cabinet, où appuyé sur
une table, il laissa couler quelques
larmes, qu'il n'avoit pû retenir.
Elle étoit négligée, ses cheveux
paroissoient en désordre, ses yeux
étoient baignés de pleurs: elle se
jetta aux pieds de ce Prince, &
sans lever ses regards sur lui : Seigneur, lui dit-elle, je viens vous
demander pardon de l'audace que
j'ai eûë, de me croire digne d'ê-
tre aimée de vous. Helas! lui dit-
t-il, en la faisant relever, & en lui
baisant la main. L'état où vous me
trouvez ne vous prouve que trop
ma foiblesse; car, Rhodope, ajouta-t-il, vous ne m'aimez point, &
je ne laisse pas de vous adorer.

Seigneur, lui dit-t-elle, je ne' fçai quel mouvement de gloire, m'a-voit perfuadé, que l'aigle me pré-fageoit un deftin heureux, je ne puis le trouver qu'auprès de vous; mais puifque vos bontés fe bor-nent à ne me defirer que pour votre maîtreffe, fouffrez, Sei-gneur, que j'aille m'enfermer dans ma pyramide, loin du commerce du monde, pour pleurer le mal-heur de n'avoir pas eû affez de ver-tu, pour meriter la main de mon Roi, ou de n'avoir pû lui donner affez d'amour, pour lui faire ou-blier ma conduite paffée.

Pfammeticus regardoit avide-dement Rhodope, pendant un dif-cours qu'elle accompagnoit de toutes les graces qui peuvent ren-dre une douleur touchante : ce vi-fage merveilleux, cette affliction fi bien peinte, & une réfolution qui paroiffoit fi héroïque : Tout enfin le détermina à préferer la poffeffion de Rhodope à la gloire d'y

d'y refifter. Vous avez vaincu, lui
dit-il en lui tendant la main, charmante Rhodope, vous avez vaincu : peut-on refufer quelque chofe
à ce qu'on aime, ou plutôt pourrois-je vivre fans vous ? Je ne vous
regarde plus que comme la Reine
d'Egypte, & je vais donner tous
les ordres néceffaires pour notre
Hymen & votre Couronnement.
Rhodope, dont la joye fut auffi
grande qu'on peut fe l'imaginer,
la laiffa éclater dans fes yeux, après
avoir embraffé les genoux de Pfammeticus, qui la releva avec empreffement. Ce Roi fit affembler
les Princes & Seigneurs du Royaume, & les Prêtres d'Ifis. Il leur
communiqua fa réfolution ; & il
ne trouva nulle oppofition dans
des efprits déja préparés à ce grand
évenement. L'avanture de l'aigle
que l'on fit fonner bien haut, fut
regardée comme un augure certain que le hazard n'avoit pû pro-
duire : les chofes de cette efpece

E

étoient d'un grand poids en ce tems-là. On voloit au devant des préfages qui paffoient fans conteftation, pour les meffagers du deftin. Les peuples applaudirent par la même raifon au mariage de leur Roi; & après bien des fêtes qui précéderent de quelques jours celui de l'Hymen, Pfammeticus donna publiquement la main à une femme qui n'avoit jamais penfé que la chafteté fût au nombre des vertus. Il eft vrai que partageant le Trône d'un grand Roi, la gloire fe fit voir à elle fous fa plus belle forme, & qu'elle répara par la fuite les défordres de fa vie par un attachement inviolable à l'Epoux que fa beauté & fon adreffe lui avoient acquis.

F I N.

LES
BELLES GRECQUES.

ASPASIE.

L A belle & sçavante Aspasie, fille d'Axiocus de Milet, vivoit en la quatre-vingt-septiéme Olympiade. On est peu instruit des commencemens de sa vie, parce que sa naissance n'étoit pas illustre, & que la beauté & le mérite ont un âge prescrit pour éclater : on sçait pourtant qu'elle passa les premieres années de sa jeunesse à Megare, & qu'après elle alla à Athenes, théatre plus digne d'une per-

E ij

fonne auffi extraordinaire qu'elle
le fut dans la fuite, Pericles fut un
des premiers qui foupira pour elle
dans cette fuperbe Ville : perfonne
n'ignore qu'il poffédoit tout ce qui
peut toucher l'ambition & faire
naître l'amour. Sa perfonne étoit
bien faite ; & fon éloquence étoit
fi fublime, qu'on a dit qu'elle en-
chantoit par fa douceur, qu'elle
donnoit de l'admiration par fon
abondance, & qu'elle épouvan-
toit par fa force. On peut bien juger que le defir de plaire fe joignant
à toutes fes autres qualités, Pericles ne pouvoit manquer d'être
aimable, & qu'un homme qui
s'étoit acquis un pouvoir fouverain
dans une République par fes merveilleux talens, perfuada fans peine une femme dont la pente naturelle étoit vers l'amour.

Comme ce fameux Grec a prefque autant de part à cette hiftoire,
qu'Afpafie même, il eft à propos
de rafraichir les idées que la plû-

part du monde en a. Il defcendoit d'ayeux illuftres, & fut difciple de Zenon, d'Elée, & d'Anaxagoras. Celui-ci ayant mieux penetré les fecrets de la nature, que la plûpart des autres Philofophes de ce tems-là, apprit à Pericles à révérer les Dieux fans mêlange de fuperftition, & fecondant les difpofitions qu'il avoit à la vertu, Pericles devint le premier homme de la Gréce, non feulement par fon éloquence, mais auffi par fa valeur & par fa conduite, qui lui firent remporter d'éclatantes victoires fur les ennemis de la République, & qui lui acquirent cette prodigieufe autorité qui fait dire à Valere-Maxime, qu'il n'y avoit d'autre difference entre Pififtrate & Pericles, finon que le premier s'étoit rendu maître d'Athenes par les armes, & le dernier par la douceur. Il y en pouvoit mettre encore une, puifque Pififtrate fut véritablement Tiran, & paffa pour l'être,

& que Pericles laiſſa une apparence
de liberté qui ſatisfaiſoit les Citoyens quoiqu'il ſçût ſi bien manier
leurs volontés, que rien ne ſe faiſoit
que par la ſienne.

Ce fut au Théatre qu'il vit la
premiere fois Aſpaſie. Les charmes de la nouveauté ſe joignant à
ceux d'une beauté jeune & brillante, Pericles en demeura tout éperdu ; il demanda vainement qui
pouvoit être une ſi belle fille. Elle
arrivoit à peine de Megare, perſonne ne put ſatisfaire ſa curioſité;
il s'approcha d'elle quand le ſpectacle fut fini ; & comme elle s'étoit
fait inſtruire des principaux d'A-
thenes par une amie qu'elle y avoit,
elle reçut avec beaucoup de reſpect les offres que Pericles lui fit,
ſous couleur d'Hoſpitalité, &
l'honneur qu'elle eut d'être conduite par lui juſques chez elle,
d'où il apprit ſi bien le chemin,
qu'il ne falloit plus le chercher ailleurs ſitôt que les affaires de ſa Pa-

trie le laiſſoient libre. Aſpaſie ne fut
pas ingrate à desſoins ſi obligeans;
elle aima ardemment Pericles ;
mais comme elle joignoit beaucoup d'art aux avantages qu'elle
avoit reçus de la nature , elle ſçut
ſi bien ménager les marques de ſa
reconnoiſſance , que malgré une
réputation de facilité qu'elle s'é-
toit acquiſe à Megare avec quelque raiſon , cet homme illuſtre
goûta ſes faveurs avec tous les
tranſports qu'inſpire la plus ardente paſſion qui fût jamais.

Il ne fut pas le ſeul qui ſentît le
pouvoir des yeux d'Aſpaſie ; tout
s'empreſſoit autour d'elle, tout brûloit d'amour pour ſa beauté ; on
admiroit les charmes de ſon eſprit :
elle fut connuë en peu de jours,
& regardée comme un prodige.
Socrate , dont le nom ſeul fait
l'éloge, & dont la morale ſolide
n'avoit point cette auſterité qui
proſcrit les plaiſirs innocens, alloit
ſouvent chez Aſpaſie goûter les

enchantemens de sa conversation; & si l'on en croit beaucoup d'autres, ce fut d'elle qu'il apprit la Politique & cette Rhétorique fine & délicate, qui le rendoit maître des esprits, & qui le fit appeller la Sage-femme des pensées. L'exemple d'un homme si sage auroit déterminé tous les Athéniens à voir Aspasie, quand d'autres raisons ne les y auroient pas conduits ; peu des hommes célébres qui vivoient en ce siécle-là, avoient des sentimens aussi épurés que Socrate, & les graces infinies de la belle Milesienne faisoient leur effet sur les sens aussi bien que sur les esprits ; elle suivit en tout les traces de Thargelie, qui par une beauté admirable & par un génie superieur s'étoit renduë maîtresse des principaux Grecs de l'Ionie, & les avoit mis dans les intérêts du Roi de Perse, qu'on nommoit alors le grand Roi.

Pericles jouissoit à peine de la possession d'Aspasie, dont il faisoit

son bonheur le plus doux, quand
Anaxagoras un de ses maîtres de
Philosophie, dont nous avons déja parlé, fut accusé d'Athéïsme
devant l'Aréopage : rien n'étoit
plus injuste que cette accusation.
Anaxagoras, loin de nier la Divinité, expliquoit seulement les
Phénoménes de la nature par le
moyen de la Phisique. Cela avoit
été reconnu dans une occasion,
dont Pericles étoit le sujet. On lui
apporta un jour d'une de ses terres
un Belier qui étoit né avec une
seule corne; ce fut l'objet de la
speculation de toute la Ville. Lampon, célébre Devin, jugea sur la
simple exposition, & sans qu'on
lui nommât personne, que les deux
Puissances qui balançoient alors
l'autorité publique; sçavoir Pericles & Thucidide, se réüniroient
entre les mains de celui chez qui
le Belier avoit vû le jout : & Anaxagoras suivant ses principes, ex-
pliqua naturellement un fait qui

n'avoit en lui nul rapport à ces deux
grands hommes. Cependant comme la prédiction que Lampon
avoit peut-être faite au hafard , fut
confirmée dans la perfonne dePe-
ricles qui l'emporta fur Thucidide , fon fçavoir fut élevé jufqu'aux
Cieux par la multitude, tandis qu'il
n'y eut qu'un petit nombre de vrais
Philofophes qui admira celui d'A-
naxoras ; & l'on commença de ce
jour-là à le foupçonner de fon pré-
tendu Athéïfme. Pericles fut au
défefpoir de cette affaire ; mais la
chofe étant délicate à foutenir par
le refpect qu'on doit toujours avoir
pour ce qui touche la Religion ,
il aima mieux faire fauver fon ami ,
quoique fa doctrine , fût auffi bonne que le pouvoient permettre les
ténébres du Paganifme , que de
l'expofer à un jugement douteux fur
une matiere révérée dans tous les
tems.

Afpafie fut la plus douce confolation de Pericles , dans l'afflic-

tion qu'il sentit au départ d'Anaxagoras : elle essuya de ses belles
mains les larmes qu'il en versa ; car
il étoit fort sensible à l'amitié, &
c'est de lui que vient ce beau mot :
Ami jusqu'aux Autels, parce qu'à
ce qui blessoit la Religion près,
il faisoit tout pour ceux qu'il aimoit ; Aspasie en fut une grande
preuve. Il étoit marié à une de ses
parentes, dont il avoit eu deux
fils ; mais il en fut bientôt dégoûté
par l'attachement qu'il avoit pour
la Milesienne. La moindre diver-
sion l'incommodoit. Il se sépara de
son Epouse, & la fit marier à un
autre pour être plus libre de voir
Aspasie, & pour demeurer avec
elle, ainsi que plusieurs assurent.
Un attachement si public, fit parler les ennemis de Pericles, &
gémir ses partisans. Les Poëtes se
prévaloient de la licence qui ré-
gnoit alors, pour en faire des plai-
santeries publiques : & Cimon qui
avoit été son concurrent au Gou-

vernement d'Athenes , & qui
avoit fuccombé fous fa puiffance,
ne fut pas des derniers à relever fa
foibleffe. Pericles l'avoit autrefois
fait bannir, & content de cette
légere vengeance , il le fit rappel-
ler incontinent après. Tant de pouvoir ne fe pardonne guére ; il eft
rare qu'on fçache gré d'une géné-
rofité qui ne vient qu'après une injure. Tous ces bruits qui s'éle-
voient contre Pericles, ne chan-
goient rien à fa conduite : & s'ils
ne l'empêchoient pas de paffer
pour le premier homme de la Gréce , Afpafie n'en étoit pas auffi
moins confiderée. Sa Cour étoit
compofée de tout ce qu'il y avoit
d'illuftre à Athenes. Aucune perfonne vulgaire n'y étoit admife ; il
falloit avoir un nom , ou par la
naiffance , ou par le mérite. Les
maris y menoient leurs époufes,
quoiqu'elle eût dans fa maifon plufieurs belles filles, qui à fon exemple , n'étoient pas cruelles ; &

p. 62.

Crépy Sc.

qu'elle fût accusée d'apprendre même aux femmes de qualité les mystéres d'une passion qu'elle faisoit profession de suivre. L'esprit & la réputation sont de grands attraits; & sur tout la réputation est capable de tout entraîner. Un jour que la femme de Xenophon étoit chez Aspasie, celle-ci lui dit après quelques autres discours : » Si l'or » de votre voisine étoit meilleur » que le vôtre, l'aimeriez vous » mieux que le vôtre? Ouï, répon- » dit-elle. Si ses habits & ses orne- » mens étoient plus superbes que » les vôtres, aimeriez-vous mieux, » continua Aspasie, les siens que » les vôtres? Ouï, dit-elle encore. » Mais si son mari étoit meilleur » que le vôtre, ajoûta Aspasie, » l'aimeriez-vous mieux que le » vôtre? « A cette derniere ques- tion, la femme de Xenophon toute interdite, baissa les yeux & ne ré- pondit rien. C'étoit apparemment par de pareils argumens qu'elle ins-

truifoit fi bien les Dames qui la
vifitoient. Ciceron qui rapporte
ce trait, ajoute qu'elle fit un
jour les mêmes demandes à Xenophon, qui rougit à la troifié-
me, & ne répondit non plus que fa
femme.

Le pouvoir qu'Afpafie avoit fur
Pericles, fe fignalant en toutes
chofes ; ce fut elle qui lui fit entreprendre la guerre contre les Sa-
miens, qui difputoient la Ville de
Prienne aux Milefiens. Pericles
vola à cette expedition avec fon
courage ordinaire, qui fut encore
redoublé par le plaifir de fervir la
Patrie d'Afpafie. Elle verfa beaucoup de larmes au départ de Pericles : « Allez, lui dit-elle, puif-
» que les interêts de mes compa-
» triotes le demandent : mais mé-
» nagez une vie dont dépend la
» mienne. » Ce grand Capitaine
ne partoit jamais pour aucune expedition militaire qu'il ne trem-
blât, difoit-il, quand il penfoit qu'il

alloit commander des gens libres,
Grecs, & de plus Atheniens.
Quelle idée cela ne donne-t'il
point, & du Général, & de ceux
qui lui obéiſſoient ? Pericles revint
vainqueur & triomphant après
avoir pris la Ville de Samos. Ce
fut à ce Siége qu'Artemon inventa
le Belier, & d'autres machines de
Guerre, fameuſes dans l'antiquité :
& ce fut auſſi au retour de cetre
victoire, que le Peuple jettant des
cris de joie, les Dames Athenien-
nes allerent au devant de Pericles,
lui baiſerent les mains, & le cou-
ronnerent de fleurs. La ſeule Elpinice, ſœur de Cimon dont on a
parlé, le chargea de malédictions,
& de froides railleries ſur des avantages qu'il remportoit contre des
voiſins, & ſouvent contre des
Alliés ; comme ſi toute victoire
n'étoit pas belle : mais Pericles
ſans s'émouvoir ne lui répondit
que ce vers d'Archilocus :

Dans l'hyver de tes ans ne te parfume plus.

Cette réponse, qui ne répondoit qu'obliquement aux injures d'Elpinice, faillit à la désesperer. Et s'il est vrai, comme il y en a qui le rapportent, que Pericles eût eu autrefois quelques soins pour elle, cela étoit certainement capable de lui mettre la rage dans le cœur. Aussi s'en prit-elle à Aspasie, qui avoit été des plus empressées à honorer Pericles. Elpinice lui dit les choses du monde les plus déraisonnables, sans qu'elle en pût tirer une parole, tant cette aimable personne avoit de pouvoir sur elle-même.

Quand Pericles fut débarrassé des importuns honneurs qui ne satisfaisoient que sa gloire, & qui l'empêchoient de marquer à Aspasie les redoublemens d'amour que son retour lui causoit, il trouva dans l'entretien de cette Maîtresse, & dans les tendres caresses qu'elle lui fit, la récompense de tous ses travaux. « Que vous

» êtes belle ! lui dit-il. Que vo-
» tre esprit a de charmes ! Quelle
» peine de vivre sans vous ! & qu'on
» est heureux quand on vous re-
» voit ! Je jure les Dieux, ajoûta-
» t-il, que je m'attacherai à vous
» si étroitement, que vous pourrez
» me suivre par tout, sans que la
» médisance en murmure. » Une
promesse si glorieuse, donna la joie
qu'on peut penser à une femme qui
vrai-semblablement n'y avoit jamais aspiré. Elle y répondit avec
une soumission & une modestie qui
acheverent de déterminer Pericles.
Et son Hymen ne fut differé que
par la temerité qu'eut un Come-
dien, nommé Hermippus, d'accu-
ser Aspasie d'impieté. Ce ne fut
ni une raillerie de Théatre, ni
une badinerie de Poëte ; ce fut
une chose sérieuse qui mérita toute l'attention de Pericles, & qui
eut besoin de tout son crédit. Il
y étoit même obligé pour son propre interêt : car on joignit à ce

F.

premier chef d'accusation, qu'Aspasie attiroit des femmes de qualité chez elle, pour les faire servir aux plaisirs de Pericles. La cause fut plaidée authentiquement en plein Aréopage, & ne tournoit pas trop bien pour l'accusée : mais Pericles répandit tant de pleurs, & usa de tant de prieres, qu'Aspasie fut envoyée absoute. Athenée cite un Auteur qui prétend que lorsqu'Anaxagoras fut mis en Justice, Pericles en témoigna une douleur plus vive que celle qu'il eut dans l'affaire d'Aspasie ; mais il n'y a guére d'apparence : car outre l'impression que fait l'amour dans un cœur véritablement touché, il est aisé de voir par ce qu'on en a dit, que Pericles aima mieux se priver de son ami, que d'entreprendre de défendre sa cause, & qu'il soutint hautement celle d'Aspasie quoiqu'Anaxagoras ne fut pas moins innocent qu'elle. Elle fut présente au jugement de son Procès ; les

divers mouvemens qui l'agitoient
avoient animé son teint de couleurs
si brillantes, que le jeune Alcibiade, qui sortoit alors à peine de
l'enfance, en devint passionnément
amoureux. Ce fut un coup de l'é-
toile dont il fut étonné ; car il
l'avoit vûë plusieurs fois, puisque
son pere en mourant avoit confié
son éducation & ses biens à Pericles. On sçait de quelles perfections
la nature avoit orné ce Heros,
beau, gracieux, brave, de bonne
mine, rien ne lui manquoit que
des mœurs un peu plus reglées :
défaut qui ternit les plus coura-
geuses actions de sa vie, & qui
causa une partie de ses malheurs.
Il n'aimoit pas à contraindre ses
inclinations, & toûjours dans la
suite, aussi-tôt aimé qu'amoureux :
il fut même souvent prévenu par de
belles Dames. Il ne sçavoit pourtant pas encore le pouvoir qu'il
auroit sur les cœurs, mais son audace naturelle y suppléa ; & dans

F ij

un âge où à peine se connoît-on
soi-même, Pupile du fameux Pericles, il osa devenir son rival, &
déclara son amour naissant à Aspa-
pasie, avec la confiance d'un jeune présomptueux, si-tôt qu'il put
la rencontrer seule. » Quoi, Sei-
» gneur, lui dit-elle, en l'inter-
» rompant dès les premiers mots;
» avez-vous oublié les obligations
» que vous avez à Pericles, & le
» respect que vous lui devez, &
» par le rang qu'il tient dans Athe-
» nes, & par le pouvoir que Climas
» votre pere lui a laissé sur vous?
» Et si ce n'est assez de toutes ces
» considerations, ignorez-vous ce
» que peut une tendre affection,
» quand elle est soutenuë par une
» reconnoissance comme celle
» que je lui dois? Je ne me sou-
» viens de rien, charmante Aspa-
» sie, reprit-il, quand je vous vois
» & que je vous entends. Ces pa-
» roles que vous me dites, loin
» d'éclairer ma raison, achevent

» de me la faire perdre , & peu
» difposé à fouffrir de concurrent
» en fortune, croyez-vous que
» j'en fouffre paifiblement en
» amour ? «

Une certaine grace hardie, qui
accompagnoit toûjours Alcibiade,
jointe à fon extrême jeuneffe, ne
permit pas à Afpafie de fe fâcher.
Elle le regarda en fouriant, fans
deffein toutesfois de lui laiffer prendre d'efperance : mais lui, dont la
témérité avoit paru en cent occafions dès fa plus tendre jeuneffe ,
voulant profiter de cette apparence de douceur, fe jetta à fes genoux
& les lui embraffant, il commençoit à lui dire les chofes du monde
les plus preffantes lorfque Pericles
arriva. Il feroit difficile d'exprimer l'étonnement des uns & des
autres. La moderation de Pericles
eut bien de la peine à retenir fa
fureur. Alcibiade, tout hardi qu'il
étoit, fentit quelque honte d'une
chofe qui avoit un peu de l'air

d'une perfidie : mais Afpafie étant
feule de fang froid par l'innocence de fes intentions, eut l'efprit
affez préfent pour faire relever
Alcibiade, en lui difant d'un air
riant & libre, qu'il lui marquoit
trop d'obligation pour une leçon
qu'elle venoit de lui donner, &
que fans doute Pericles & Socrate
lui avoient fouvent faite avant elle.
Alors fans héfiter, elle compofa
un ingénieux argument qu'elle fit
paffer pour la prétenduë leçon ; &
Alcibiade s'étant remis à fon tour,
appuya l'artifice favorable qui empêcha ces deux grands hommes de
fe brouiller. Pour Pericles il ne
faut pas s'étonner de la facilité qu'il
eut à s'appaifer. L'âge de fon Pupile, la bonne opinion qu'on a de
ce qu'on aime, & l'habileté d'Afpafie, chez qui tout le monde
alloit chercher à fe former l'efprit
par cet art de parler qu'elle poffe-
doit fi parfaitement ; tout cela,
dis-je, lui mit un voile devant les

yeux qui lui fit rendre grace à sa
Maîtresse du soin qu'elle avoit de
former la raison d'Alcibiade ; &
qui lui fit embrasser ce même Alcibiade qu'il auroit tué volontiers
un moment auparavant.

Certainement Aspasie usa d'une
grande prudence en cette occasion ; & on lui en doit sçavoir
d'autant plus de gré, que ce ne
fut point en vûë de se ménager
des moyens d'infidelité : raison
qui d'ordinaire rend les femmes
fort ingénieuses dans de pareilles
avantures; mais comme elle n'avoit
pas l'injustice de haïr un homme
aimable qui l'aimoit, elle dit mille
biens d'Alcibiade à Pericles, en y
ajoutant le conseil d'user de quelque sévérité pour mettre un frein
à l'esprit turbulent & emporté de
ce jeune homme. » Oui, divine
» Aspasie, lui dit-il, je seconderai
» les soins de Socrate, pour régler
» ce fier courage qui pourroit un
» jour faire gémir Athenes. Mais,

» ajouta-t'il par un retour de jalou-
» fie, fi nous achevons de le ren-
» dre parfait, il pourra peut-être
» vous plaire, & toute ma félicité
» eft detruite. N'appréhendez rien,
» reprit Afpafie ; vous avez touché
» & fixé mon cœur ; perfonne ne
» peut plus être digne d'y regner. »

Quand on fe repréfente ces
grands hommes de l'antiquité ap-
pliqués à gouverner des Royaumes & des Républiques, ou à les
affujettir ; on a peine à s'imaginer
qu'ils ayent été fenfibles à de fi
petites chofes. Et l'éloignement
nous les faifant voir plus par-
faits qu'ils n'étoient, on veut s'i-
maginer qu'ils ne regardoient l'a-
mour que comme un amufement
frivole que leur Religion leur per-
mettoit: mais comme il n'étoient
pas impaffibles, & que la fineffe de
leur goût les portoit à goûter les
plaifirs dans toute leur étendue;
ils traitoient cette paffion avec la
délicateffe qui lui eft néceffaire
pour

pour la rendre agréable ; & n'ayant
souvent que des Courtisannes pour
maîtresses, ils trouvoient toutefois
ou dans le mérite de ces femmes,
ou dans le désir de les fixer, de
quoi les occuper & les attacher au milieu de leurs plus sé-
rieuses affaires, & même de quoi
les dédommager des plus cruelles
traverses de la fortune : en cela
plus heureux que les hommes d'à
présent, qui presque tous se glo-
rifient de se soustraire à des sentimens qui font les seuls enchante-
remens de l'amour. Sur ce principe qui est fondé en preuve, on
doit croire que Pericles étoit fort
sensible à toutes les marques de
tendresse qu'il recevoit d'Aspasie,
& qu'ayant pour elle autant d'admiration que d'amour, charmé de
ses moindres paroles, & de ses
actions les plus simples, il donnoit
aux unes & aux autres le prix dont
la prévention paye toutes choses,
supposé qu'on doive appeler pré-

G

vention un fentiment fi univerfel,
que les indifferens ne pouvoient
lui refufer une approbation qui l'a
fait paffer jufqu'à nous comme un
chef-d'œuvre d'efprit & de beauté.

Pericles fe fit fouvent une gloire de réciter des harangues qu'elle
avoit compofées ; & l'on croit même qu'elle avoit beaucoup ajouté
aux lumieres de l'efprit de ce grand
homme, & qu'il lui devoit cet
art enchanteur de bien parler,
qui a fait dire de lui que la Déeffe
Perfufiaon avoit fon trône fur fes
lévres ; & que fon éloquence laiffoit des éguillons dans le cœur de
fes auditeurs. Quelle devoit donc
être celle de la Maîtreffe d'un tel
Ecolier ! On croit auffi qu'il aprit
d'elle à gouverner la République
avec cette dextérité qui ne trouva
d'autres cenfeurs que l'envie, &
Afpafie fe rendit auffi formidable
aux Orateurs par fa critique délicate, que recommendable à ceux
qui fçavoient goûter fes differta-

tions. Gorgias & plufieurs autres Sophiftes fentirent les traits de fa raillerie contre leurs argumens embrouillés, qui avoient ébloui quelque tems la Grece. Et je crois avoir lû quelque part qu'elle ne put s'empêcher de reprendre Pericles, en riant, dans une occafion où il parloit au Peuple. Enfin Afpafie fut une perfonne merveilleufe, & on doit pardonner à Pericles les mouvemens qui l'obligerent de l'époufer. Cet hymen furprit cependant les Atheniens; chacun en parloit à fa maniere : mais puifqu'il fe trouvoit heureux, quel droit avoit-on de le blâmer ? Et n'étoit ce pas une tiranie en ce temps-là comme en celui-ci de vouloir régler ces fortes d'engagemens fur le caprice du public, que l'on ne peut jamais abfolument contenter ?

Alcibiade fouffrit affez impatiemment l'union éternelle de fon rival avec Afpafie; mais il y trouva bien-tôt des sujets de consolation, Pericles n'en étoit pas plus possesseur qu'auparavant; & les nœuds de l'hymen ne laissent que trop souvent les cœurs libres. Il recommença donc ses pourfuites avec beaucoup d'empressemens, sans en voir approcher les succès. Cela le rendit sombre & rêveur contre sa coutume. Il alla un jour chez Socrate, & s'étant mis dans un coin de sa chambre, il ne lui dit pas un mot. » Qu'avez vous, lui dit cet » homme illustre en souriant ? » Quelqu'un vous a-t-il aujour- » d'hui vaincu à la lute, ou surpassé » à la course ? A-t'on mieux chanté » ou mieux joué de la lyre que » vous ? Car je ne crois pas que » les affaires de la Grece vous oc- » cupent beaucoup encore. Alci- » biade avoit les yeux baissés tan- » dis qu'il lui parloit ainsi. Quoi! » dit-il en les relevant tout-à-coup, » votre démon ne vous avertit pas » du sujet de mon chagrin ? Vous

» fçavez bien, repliqua Socrate, en
» badinant toûjours, que ce pré-
» tendu démon loin de m'apren-
» dre les affaires des autres, ne m'a
» jamais éclairé fur les miennes,
» & qu'il n'eft que pour m'arrêter
» quand ce que je veux entrepren-
» dre ne doit pas réüffir. Eh bien!
» dit brufquement Alcibiade, au
» défaut de ce démon craintif, je
» vous apprends que je fuis amou-
» reux. Ah vous êtes amoureux! re-
» prit froidement Socrate. Peut-on
» fçavoir l'heureufe perfonne à qui
» vous offrez les prémices de votre
» encens? Afpafie, reprit-il. Qui
» pourroit ce être que la divine
» Afpafie? Je n'ai point à rougir
» de mon choix: mais je meurs
» de rage & de honte du peu de
» progrès que je fais auprès d'elle.
» Socrate, malgré fon phlegme,
» frémit au nom d'Afpafie; & fai-
» fant un cri d'étonnement: Je ne
» puis croire, dit-il, ce que vous
» voulez me perfuader. Votre na-

G iij

» turel eſt trop bon, pour vouloir
» traverſer Pericles. Il adore cette
» femme; il en a fait ſon Epouſe.
» Vous perdrez votre gloire & vo-
» tre fortune, auſſi-bien que votre
» innocence, ſi vous vous obſtinez
» à cette pourſuite; & ſi c'eſt une
» perte pour vous, Alcibiade,
» vous ſerez privé pour jamais
» de mon eſtime. « A ces mots
il voulut ſçavoir toutes les cir-
conſtances de cette paſſion Alcibiade accoutumé aux remon-
trances de Socrate, aima mieux
les eſſuyer que de ſe taire ſur un
ſujet ſi intereſſant, & n'obmit pas
ce qui lui étoit arrivé chez Aſpaſie.
Socrate y trouva une ample matié-
tiere de morale & de remontrance.
Jamais il n'eut tant d'éloquence &
de raiſon : il dit des choſes dignes
d'être écrites, qu'Alcibiade écouta avec admiration, & qu'il oublia
ſi-tôt qu'il l'eut quitté.

On n'a pas cru néceſſaire de
dire l'amitié que Socrate eut toû-

jours pour ce jeune Athenien.
Tout le monde fçait que paffioné
pour la vertu, & croyant Alcibiade fufceptible de fes im-
preffions, il s'appliqua avec des
foins inconcevables à rendre fon
ame digne d'animer un fi beau
corps. La fuite a fait voir que tout
homme eft fujet à fe tromper, puifque les égaremens du difciple l'em-
porterent fur les prévoyances du
maître ; & qu'une illuftre naiffance jointe à tous les dons de la nature & à une valeur prodigieufe,
ne purent fauver Alcibiade des
malheurs où le défordre entraîne.
Un homme de ce caractere s'irrite
d'abord par la réfiftance, & l'a-
mour, dont l'efpérance eft la nourriture, s'accroît auffi par la jaloufie.
Alcibiade voyoit Afpafie plus fouvent que jamais, par la liaifon qu'il
avoit avec fon époux ; il lui trouvoit tous les jours de nouvelles
graces, & elle avoit un agrément
dans la converfation dont il fentoit

d'autant mieux le pouvoir qu'il étoit
très-propre à la rendre vive par les
charmes de la fcience. La douceur
qu'Afpafie avóit pour lui fans deffein, lui fit à la fin penfer qu'il pourroit parvenir à cette conquête; &
fe trouvant un jour feul avec elle,
il faifit ce moment difficile à trouver, pour lui parler de fon ardente
paffion. Elle lui répondit fans ru-
deffe, mais aufli fans coquetterie,
& lorfqu'elle alloit continuer, Socrate parut, à qui elle dit avec précipitation : » Dites-moi Socrate,
» eft-il des regles pour affujettir les
» paffions à nos volontés ? « Le
Philofophe, qui n'étoit pas fi perfuadé de la vertu d'Afpafie que de
fon efprit, crut qu'elle demandoit
un applaudiffement tacite du penchant qu'elle commençoit à fentir
pour Alcibiade : & lui répondit,
que veritablement les paffions fembloient involontaires ; mais que la
raifon & le devoir pouvoient fur-
monter leur violence. Afpafie fe

mit à rire, pénétrant ce que Socrate avoit pensé. » Ce n'est pas
» là précisément ce que je vous de-
» mande, reprit-elle : mais seule-
» ment si on peut faire naître l'a-
» mour dans le cœur d'un autre
» par le désir qu'on en a. Je suis
» perdu, s'écria Alcibiade, en vou-
» lant s'en aller. Vous & Socrate
» m'allez conduire par vos argu-
» mens captieux à vous accorder
» ce que dès maintenant je vous
» nie. Non, non, dit Aspasie, vous
» ne nous échaperez pas : écoutez-
» nous seulement. « A ces mots
elle se préparoit à parler quand Pericles entra & obligea de parler
d'autre chose. C'est peut-être la
seule fois qu'un amant a vû son
rival avec plaisir. Alcibiade se trouva heureux de n'avoir point à combattre contre son ami & sa maîtresse. Il parut beaucoup de liberté
d'esprit pendant le reste de sa visite;
& il ne sortit qu'avec Socrate, qu'il
ne redoutoit pas tant seul. Il eut

pourtant de nouveaux aſſauts à ſou-
tenir : mais ennemi de cette raiſon
qui ne va qu'à moderer les deſirs,
enchanté de ceux qu'Aſpaſie lui
avoit fait naître, il jura à Socrate
qu'il étoit hors d'état de ſuivre ſes
avis.

Quelques jours après Alcibiade alla chez Aſpaſie, on lui dit
qu'elle étoit chez Xenophon, il
fut obligé de demander auſſi Pericles ; & comme on lui répondit
qu'il ſongeoit à rendre compte des
deniers de la République. » Ne
» feroit-il point mieux, reprit-il,
» de ſonger aux moyens de ne les
» point rendre ? » Ce trait fut rapporté à Pericles, qui alla chez
Xenophon dès qu'il eut le loiſir,
pour en faire part à une troupe de
ſes amis qui s'y étoit renduë. Il y
trouva Alcibiade, à qui il fit des
reprimandes en Républicain & en
Tuteur. Il ſoutint fort plaiſanment
tous les traits qu'on lui porta ; mais
Aſpaſie fut ſi animée ce jour-là, ſa

beauté fut si éclatante & ses discours si fins & si spirituels, qu'Alcibiade forcené d'amour, la loüa
avec un empreffement capable de
rendre Pericles horriblement jaloux, si heureufement le plaifir
d'entendre fi bien loüer une femme qu'il regardoit toûjours comme
fa maîtreffe, ne l'eût emporté fur
une paffion à quoi vraifemblable-
ment il n'étoit pas fort fujet.

On s'étonnera peut-être qu'Afpafie ayant fait publiquement le
métier de courtifanne, put réfifter
au plus aimable homme de la Grece, qui lui donnoit toutes les marques d'amour dont un homme de
fon caractere peut s'avifer, c'eft
beaucoup dire; car comme il étoit
fort impétueux, il avoit plus d'empreffement en un jour, qu'un autre n'en auroit eû en un an. Il fui-
voit Afpafie au Temple, au Théatre, à la promenade; toutes fes
actions parloient. Il avoit un foin
de fa perfonne qui le rendoit plus

gracieux (s'il est possible qu'il ne l'étoit naturellement.) Il donna des fêtes au Peuple dont il fit tous les honneurs à Aspasie, sans se rendre suspect à Pericles, qui aimoit à voir honorer une femme qu'il idolâtroit. Il séduisit à force de présens deux ou trois de ses Esclaves : enfin que ne fit-il point pour toucher un cœur qui n'étoit pas invulnerable ? Mais les plus aimables & les plus amoureux ne sont pas toûjours les plus aimés ; ou plûtôt Pericles ayant tous ces avantages sçut garantir Aspasie contre les égaremens d'un nouvel amour. Quoiqu'il en soit, elle n'aima jamais Alcibiade de la maniere dont il vouloit être aimé : ce n'est pas qu'elle lui refusât l'approbation qu'il méritoit ; elle avoit même pour lui une politesse & une douceur qui le mettoient au désespoir quand il voyoit que cela ne le menoit à rien de plus.

Il sortoit un jour de chez elle,

rempli de ses pensées amoureuses;
quand tout à coup, il lui passa un
dessein bizarre par la tête. Il alla
chez Socrate pour lui en faire part.
» Mon cher Socrate lui dit il,
» vous ne cessez point de me tour-
» menter sur l'amour que j'ai pour
» Aspasie; je veux devenir sage,
» puisque vous le voulez, & je
» viens vous en donner les moyens.
Son ami le regarda, à ces mots,
pour tâcher de penetrer ses sentimens : » Non, non, lui dit Alci-
» biade, ne vous travaillez point à
» percer la verité de mes paroles :
» je suis plus pressé de vous parler
» que vous ne l'êtes de m'entendre.
» Je brûle pour Aspasie : je ne puis
» trop le repeter pour soulager mon
« cœur. Servez-vous auprès d'elle
» de cet art, que je redoute tant
» quelquefois, pour la persuader
» de m'aimer; peut-être que quel-
» ques marques de ses bontés ap-
» paiseront mes transports, & je
» n'y prévois point d'autre remede.

Socrate demeura épouvanté de la proposition : mais loin de le faire paroître, il lui dit : » Vous êtes » amoureux d'Aspasie? Il ne se peut » davantage, reprit le jeune em-» porté. Vous en desirez des fa-» veurs ? continua Socrate. Sans » doute, reprit Alcibiade. Et vous » ne voyez que ce moyen de vous » guérir ? ajouta le Philosophe. Je » n'en imagine point d'autres, dit » son Disciple. De sorte, dit So-» crate, que c'est à la guérison que » vous courez? Et qu'est-ce que la » guérison d'une passion de cette es-» pece, à votre avis? Mais, reprit » Alcibiade, ce mot le fait assez » entendre. Non, dit Socrate, je » je ne l'entens pas clairement : ce-» la n'emporteroit-il point le dé-» goût? Et si cela est (comme il est » certainement,) ne devriez-vous » pas rougir de devenir ingrat, per-» fide, vicieux, pour n'en recüeillir » d'autre fruit qu'un sentiment qui » est toujours indispensablement

»fuivi du repentir ? Voilà , inter-
»rompit Alcibiade, bien de la rai-
»fon perduë! Que vous fert d'avoir
»amené mon efprit à la connoiffan-
»ce d'une chofe dont mon cœur
»ne fe convaincra jamais? Les mou-
»vemens de l'un me font bien plus
»agréables que les clartés de l'au-
»tre. Je renonce pour jamais à la
»gloire de me contraindre, & je
»me livre en aveugle aux rifques
»que vous voulez me faire appre-
»hender, plutôt que de renoncer
»à la poffeffion d'Afpafie. Socrate
déja accoutumé aux faillies d'Alcibiade, & efperant toujours le faire
rentrer en lui-même , ne perdit
point courage, & lui parla long-
tems avec toute la douceur de l'a-
mitié, & toute la feverité de la
morale, fans en rien obtenir que la
patience de l'écouter.

Cependant il s'éleva beaucoup
de bruits fâcheux contre la fageffe
de Pericles. Les uns difoient que
Phidias ce célébre Sculpteur qu'il

employoit aux embelliffemens
d'Athenes, attiroit chez lui les
belles Dames, fous couleur de leur
faire voir fes ouvrages; mais en effet pour les livrer à Pericles, &
que Pyrilambus un de fes amis,
nourriffoit des Paons & d'autres
Oifeaux rares pour les envoyer à
fa Maîtreffe; d'autres, qu'Afpafie
n'entretenoit chez elle un nombre
de filles aimables, dont les mœurs
n'étoient pasfort pures, & ne recevoit tant de femmes de qualité fous
pretexte de leur faire écouter fes
fçavantes leçons, que dans des vûes
auffi criminelles, &, pour me fervir des propres termes de Mon-
fieur le Fevre qui a tiré ceci de
Suetone, qu'elle faifoit pour Pericles ce que Livie faifoit pour Au-
gufte, quand il étoit dégoûté, &
que les nuits lui fembloient trop
longues. Avec tout cela on ne doit
peut-être pas ajouter foi à ce qui a
l'air d'une calomnie. Quelle apparence que cet attachement prodigieux

gieux que Pericles avoit pour Aspasie, n'eût pas fixé ses desirs, lui
qui l'a toujours adorée, admirée,
qui se ruinoit pour la faire paroître
avec éclat, & qui ne sortit jamais
de chez lui, & n'y rentra jamais,
qu'il ne lui donnât un baiser : circonstance remarquée par les Auteurs. Quelle apparence, dis-je,
qu'il résultât de tant de preuves
d'amour un désordre aussi condam-
nable, & qu'Aspasie avec tant de
délicatesse dans l'esprit, en eut si
peu dans le cœur ? Cela ne seroit
pas toutefois impossible. Une femme comme Aspasie, dont l'habileté
étoit peu scrupuleuse, pouvoit
craindre de ne pas remplir tous
les desirs d'un mari qu'elle avoit
interêt de ne point laisser échaper ;
cela supposé, le plus sûr étoit
pour elle, de se rendre maîtresse
de ses plaisirs, & d'être l'arbitre
de ses galanteries ; chose pourtant
horrible à penser. Quoiqu'il en
soit, Pericles lui faisoit partager

H

les soins de la Republique, & la gouvernoit, dit-on, même, par ses avis. Tous les jours couvert de nouveaux lauriers, il revenoit auprès d'elle goûter les récompenses de ses exploits : on ne le suit pas dans ses diverses victoires, parce qu'elles n'ont rien de commun avec la vie d'Aspasie : on se contente seulement de rapporter celles qui y ont rapport.

Quelques jeunes Atheniens ayant fait la débauche à Megare, & le vin troublant leur raison, ils enleverent une courtisanne de cette Ville. Chaque Païs a sa coutume ; les femmes de cette espece ne s'offensoient pas impunément en Grece. Les Megariens userent de représailles, & trouverent moyen à leur tour d'enlever deux de celles qu'Aspasie avoit chez elle. Jamais colere ne fut égale à la sienne. Femme de Pericles, considerée par elle-même : elle jura la ruine de ces téméraires, & ne la jura pas en

vain. Son Epoux n'eut pas de peine à s'y résoudre ; mais elle ne laiffa pas de se servir de ses façons in-
finuantes qui la faisoient réuffir en
tout ce qu'elle entreprenoit. Pour
l'obliger à preffer les Atheniens de
faire les preparatifs de la guerre :
» Croyez-vous lui dit-elle, que je
» ne gémiffe pas dans le fond de
» mon ame, de vous voir encore
» partir pour aller chercher des
» hafards, dont la feule image me
» fait frémir ; mais, mon cher Peri-
» cles, votre gloire m'eft auffi
» précieufe que votre vie ; & je
» fçais que vous n'y mettez point
» de comparaifon. De quel œil
» toute la Grece verroit-elle l'af-
» front que les Megariens ont fait
» à une perfonne que l'illuftre Peri-
» cles a daigné honorer de fa main ?
» Pourrois-je furvivre aux difcours
» que tiendroient les envieux de
» votre gloire & de mon bonheur ?
» Non, je vous aime trop pour
» vouloir vous ménager dans cette
H ij

» conjoncture, quoique je meure
» de douleur de vous voir partir.

Pericles embraffa tendrement
fa femme à ce difcours qu'il trouva
tendre & magnanime, & l'affura
qu'il la vengeroit, ou qu'il perdroit
la vie. Il partit en effet, toujours
Capitaine général, pour aller contre les Megariens, & ce fut le
commencement de la guerre du
Peloponnefe. Un fujet fi petit
dans fa fource, a fait dire à Plutarque, que toute la Grece fut
alors en armes pour trois cour-
tifannes.

En s'embarquant pour une des
expeditions de cette guerre, il fit
ce trait prefque univerfellement
connu. Une éclipfe répandit tout
à coup de fi épaiffes ténébres, que
cela fut regardé comme un augure
malheureux. Le Pilote de Pericles
refufoit même de mettre à la voile;
mais ce Héros inftruit à ne pas re-
douter les chofes naturelles, cou-
vrant la tête du Pilote de fon man-

teau, lui demanda s'il lui sembloit
qu'il y eût là quelque chose de si-
nistre? Et lui ayant répondu que
» non: Partons donc, continua Pe-
» ricles; car il n'y a de difference
» entre ces deux éclipses, que la
» grandeur des corps qui les cau-
» sent, & il partit en effet.

Les succès de Pericles furent
si heureux, qu'on en oublia le
principe. Aspasie le reçut à son retour plutôt comme un Dieu que
comme un homme:& l'on est obligé de dire qu'on ne lui a point re-
proché de galanterie depuis qu'elle
fut mariée, quoique tout Athenes
eût les yeux tournés vers elle, ou
par admiration ou par envie. Cette
femme reçut un jour une lettre
anonime (car on en écrivoit dès
ce tems-là) qu'elle trouva conçuë
en ces termes.

Un mari n'a pas d'ordinaire beau-
soup d'ardeur pour sa femme; mais,
divine Aspasie, on est toujours cri-

minel quand on vous manque de foi.
Ne vous vengerez-vous point des torts
de Pericles ? Non content de la dou-
ble infidelité qu'il fait à vous & à Mé-
nippus en aimant son époufe , il n'é-
pargne pas celle de son propre fils.
Que d'horreurs ! Que de perfidies!
Que de foiblesses ! Que les hommes
font petits à voir de près ! Secouez un
joug, Afpafie, que vous voulez vous
impofer , & cessez d'avoir une conf-
tance fcrupuleufe pour qui vous ou-
trage si cruellement.

Afpafie fut un peu étonnée en
lifant cette lettre , & fuppofé même ce que Suetone en dit , elle
ne devoit pas fouffrir patiemment
que Pericles cherchât d'autres voluptés que celles qu'elle lui ménageoit. Mais quel coup de foudre,
s'il eft vrai qu'elle lui fut fidéle! Tout
ce qu'on imputoit à Pericles lui
étoit nouveau , & l'empire qu'elle
avoit fur lui ne l'avoit pas accoutu-
mée à fentir les bleffeurs mortelles

de la jalousie. Ces accusations
étoient pourtant fondées sur des
bruits qui se répandoient : Aspasie
ne les ignoroit que parce qu'elle y
étoit trop interessée. On reprochoit en effet à Pericles d'aimer la
femme de Ménippus, son ami &
son Lieutenant à la guerre, & l'aîné de ses fils, grand dissipateur, &
par conséquent fort avide de
biens, souffrant avec peine ceux
dont son pere combloit Aspasie,
s'avisa de publier qu'il aimoit sa
femme, & qu'il en étoit aimé. On
ne s'amusera point à réfuter cette
seconde accusation ; il suffit de
dire sur la premiere, que quoique
Pericles eût des foiblesses condam-
nables, on a néanmoins peine à le
soupçonner de pareilles horreurs.

Tout cela fit pourtant impression dans l'ame d'Aspasie ; mais
qui pouvoit avoir eu ce soin de l'en
instruire ? » Est-ce Alcibiade, di-
» soit-elle ? Descendroit-il à des
» voyes si basses pour se venger de

» ma réſiſtance ? Je ne puis me l'i-
» maginer. C'eſt donc Elpinice,
» continuoit-elle : une femme ja-
» louſe, envieuſe, mépriſée, eſt
» ſeule capable de me porter des
» coups qui retombent ſur celui
» qui lui a fait l'offenſe. Comme
elle s'entretenoit ainſi, Pericles arriva dans ſa chambre, & voulut
lui donner un baiſer ſelon ſa coû-
tume ; mais le repouſſant : » Je vou-
» drois bien auparavant, lui dit
» elle, que vous me diſiez ſi vous
» connoiſſez cette écriture, & ſi
» vous ne pourriez point m'aider à
» pénétrer les myſteres qu'elle ren-
» ferme ? L'air d'Aſpaſie étoit ſi al-
teré, & elle étoit ſi chere à ſon
mari, qu'il prit en tremblant ces
fatales tablettes qu'elle lui preſen-
toit ; mais après les avoir luës, ſoit
qu'il ne fût point coupable, ou
qu'il ſe rendît aſſez maître de lui
pour remettre la tranquillité dans
ſes yeux : » Je rens graces aux
» Dieux, ma chere Aſpaſie, lui dit
il

» il, que les jaloux du bonheur
» dont je joüis en vous possédant,
» ne puissent m'imputer que des
» crimes imaginaires ; je n'ai pas
» besoin de quelques vertus dont
» les Dieux m'ont doüé pour me
» garantir de si affreux désordres :
» mon amour seul y suffit. Aspasie
regardoit attentivement Pericles
pendant ce discours : » Sont-ce-
» là, dit-elle, l'air & les paroles
» d'un criminel ? Qui croirai-je
» plutôt, du plus grand des Grecs
» qui se justifie si bien, ou d'un ac-
» cusateur qui peut ne vouloir que
» m'affliger ? Pericles voyant Aspasie ébranlée, ajouta tout ce qui
la pouvoit convaincre en sa faveur ;
& elle qui sçavoit que si un leger
soupçon n'est point désagréable
dans une femme, sa jalousie impor-
tune toujours un mari, quand elle
n'a pas de courtes bornes, lui tendit la main de bonne grace en lui
disant : » Que me serviroit de
» vouloir douter de votre inno-

I

» cence ? Mon cœur le révolte déja
» contre moi : & puis n'êtes-vous
» pas le maître de fasciner les yeux
» & de séduire les esprits, quand
» il seroit vrai que vous auriez
» tort ?

Ces dernieres paroles d'Aspasie
étoient fondées sur la merveilleuse
éloquence de Pericles, & sur un
trait que Plutarque rapporte & que
voici dans les propres termes d'A-
miot, dont rien n'égale la naïve-
té : *Comme Archidamus, Roi de La-*
cedemone, demanda un jour à Thu-
cidide, lequel luitoit le mieux de lui
ou de Pericles ? il lui répondit ; quand
je l'ai jetté par terre en luitant, il
sçait si bien dire en le niant, qu'il
fait croire aux assistans, qu'il n'est
point tombé, & leur persuade le
contraire de ce qu'ils ont vû. Revenons à Aspasie qui, adroite, flat-
teuse, insinuante, trouva le secret
d'obliger Pericles, & de redoubler
son amour par la maniere dont elle reçut ses justifications, & de

qui la générosité alla jusqu'à ne
point mêler Elpinice dans une
avanture où vrai-semblablement
elle avoit la principale part, & dont
il ne lui resta que le remords qui suit
toujours une mauvaise action.

La guerre du Peloponnese con-
tinuoit toujours avec fureur. Pericles remportoit souvent de glorieux avantages : mas la fortune ne
laissoit pas d'éprouver son courage
par les coups les plus douloureux. Il
perdit sa sœur, la plûpart de ses
amis, & son fils aîné sans qu'il lui
échapât une marque de foiblesse.
Quoique malgré les indignes
procédés de celui-ci, la nature
n'eût pas laissé d'agir en secret, &
qu'il eût pensé succomber à la
mort des autres. Il ne lui restoit
plus qu'un fils qu'il aimoit passionnément. Une maladie contagieuse
l'emporta en fort peu de jours. Ce
dernier assaut l'accabla ; & Aspasie
eut bien de la peine à le consoler ;
car il est des attaques où l'humani-

té l'emporte fur l'heroïfme. Elle
employa tous les charmes de fon
efprit, & réuffit enfin par le fouverain pouvoir qu'elle avoit fur cette
belle ame : mais elle eut bientôt
befoin des mêmesconfolations.Pe-
ricles fut attaqué de la maladie
qui lui avoit enlevé fon fils. Il eft
vrai que l'efpece n'en étant pas fi
maligne, Afpafie eut le tems de lui
rendre tous les devoirs qu'il méritoit, & tous les foins qui peuvent
marquer un attachement véritable :
& voyant qu'elle travailloit en vain
à une guérifon dont les Médecins
défefpéroient, elle s'abandonna à
une affliction fi touchante, que Pericles voulant éviter ce qui pouvoit l'attacher à la vie, & qui ne
fe fentoit peut-être pas la force
de franchir courageufement ce
terrible paffage en préfence de fon
époufe, la pria, en l'embraffant
pour la derniere fois, de s'éloi-
gner de lui, & de croire qu'il mour-
roit content, pourvû qu'elle le crût

autant à elle qu'il y avoit jamais été.
Aspasie tomba en foiblesse en l'entendant parler ainsi. Jamais spectacle ne fut si touchant. Un époux
mourant, une femme évanoüie,
les cris des spectateurs, tout étoit
funeste & doulereux. Mais Pericles
faisant un grand effort sur son ame,
ordonna qu'on emportât Aspasie
dans son appartement, & qu'on
eût soin de la secourir & de la garder. Le mouvement que causa l'e-
xecution de cet ordre, fit revenir l'affligée Aspasie. On eut des
peines infinies à l'arracher de cette
chambre fatale où elle vouloit, disoit-elle, mourir : on l'en fit pourtant sortir à force de raisons & de
prieres ; & comme la douleur des
amis de Pericles lui étoit moins
sensible que celle d'Aspasie, il
les souffrit auprès de son lit
tout le tems qu'il vécut encore.
Il y en avoit plusieurs le jour qu'il
mourut, qui ne le croyant plus en
état de les entendre, parloient en-

I iij

tr'eux de la grandeur de ses actions,
de neuf batailles qu'il avoit ga-
gnées, Capitaine général de la
République; des fameux Trophées
qu'il avoit érigés à la gloire de sa
Patrie, de tous les embellissemens
dont il avoit orné la Ville, & de
mille autres faits qui seroient trop
longs à rapporter. Pericles les entendit fort-bien , & il leur dit :
» O , Atheniens! je m'étonne que
» vous me loüiez de choses que j'ai
» communes avec plusieurs Géné-
» raux , & où la fortune même a la
» meilleure part , & que vous ob-
» mettiez ce qui est de plus grand
» & de plus beau en moi ; c'est que
» jamais nul Athenien n'a porté
» robe de deüil à mon occasion. Ce
furent ses dernieres paroles , après
lesquelles il vécut peu de momens.

Ainsi finit ce Héros illustre , qui
n'eut d'autre défaut que son penchant à l'amour : défaut assez ordinaire aux grands hommes , & dont
la Religion qu'il professoit ne lui

faisoit pas un crime. Il y avoit alors
deux ans & demi qu'il avoit commencé la guerre du Peloponnese ;
sa modération fut toujours si grande
pour tout ce qui le regardoit per-
sonnellement, qu'un jour un homme du commun lui ayant dit mille
injures dans la Place publique, &
l'ayant suivi jusques chez lui, en
ne cessant de l'accabler, sans que
Pericles répondît un seul mot, celui-ci ordonna froidement à un de
ses Esclaves de prendre un flam-
beau, & de reconduire cet homme à sa maison. C'est un parti excel-
lent à prendre à qui peut en avoir
la force, & une vengeance sûre
qui éleve l'offensé & avilit l'offen-
seur.

Aspasie signala sa douleur par
tout ce qui en peut prouver une
véritable. Sa maison fut fermée à
tout le monde ; on n'y entendoit
que des gémissemens, elle ne fré-
quentoit plus que les Temples, &
les plaisirs sembloient lui devoir

être méprifables pour le refte de fa vie : mais après avoir pleuré affez long-tems, elle fe racoutuma à recevoir fa compagnie ordinaire ; & l'on vit bien alors que Pericles n'avoit pas eu tant de part à fa réputation que plufieurs l'avoient crû. Jamais plus d'applaudiffement & d'éclat qu'elle en eut alors, & jamais tant d'ardeur à aller écouter les leçons publiques qu'elle faifoit chez elle, des deux fciences où elle excelloit, c'eft-à-dire, la Politique & la Rhetorique qu'elle entendoit mieux que la Philofophie. Tous les Atheniens de fon tems firent gloire de ne les apprendre que d'elle. Il n'eft même plus parlé de ces belles Filles, que peut-être n'avoit-elle gardées que pour amufer Pericles. Les amans revinrent en foule, quoiqu'elle ne fût plus fort jeune, & chacun afpiroit à tenir auprès d'elle la place de Pericles; du moins celle qu'il y avoit tenuë avant que de l'époufer. Pour Alcibiade, trop de difficulté l'ayant rebuté ; déja plus d'une Dame l'avoit dédommagé des refus d'Aspasie ; & d'ailleurs cette valeur si connuë qu'il avoit commencé de faire briller en plusieurs occasions, & ses vastes projets de fortune & d'ambition emportoient une partie de son tems.

Entre tous les amans d'Aspasie, le caprice ou le destin, si on veut, lui fit choisir un des moins considérables ; mais pourquoi ne pas croire que glorieuse de son sçavoir & de son crédit, elle voulût employer l'un & l'autre à élever & à former un homme qui lui en eût toute l'obligation, & qui fût une preuve à la posterité de ce qu'elle pouvoit ? Il est certain qu'elle le fit monter aux premiers emplois de la République, & qu'on ne peut douter que cette femme n'ait eu des qualités bien extraordinaires, puisqu'elle passa sans contredit pour la plus belle,

la plus aimable & la plus fçavante
de fon tems, où fans doute on eftimoit les chofes felon leur jufte valeur ; fa réputation voloit de telle
forte que le jeune Cyrus donna le
nom d'Afpafie à une maîtreffe qu'il
aimoit & eftimoit uniquement, &
que les difciples de Pytagore pu-
blierent que fon ame avoit animé le
corps d'Afpafie immédiatement
après celui de ce fameux Philofophe. Elle paffa une vie heureufe,
dont la plûpart des circonftances
ne font pas venuës jufqu'à nous ; &
felon les apparences, fa mort n'eut
rien de particulier, puifqu'on n'en
marque point le tems. Si fa conduite eut d'horribles taches, il faut con-
fidérer qu'elle étoit payenne, qu'elle adoroit des Dieux & des Déeffes,
dont les vices étoient confacrés, &
que n'ayant peut-être eu en vûë que
de s'immortalifer, elle y eft parve-
nuë par les mêmes chofes qui en
confervant fa mémoire, ont auffi
fait paffer fa honte jufqu'à nous.

LES
BELLES GRECQUES.

LAÏS.

A célébre Laïs n'avoit que sept ans, lorsque Nicias, Général des Atheniens, passa en Sicile pour une expedition qui ne lui fut pas favorable : il prit néanmoins & pilla Hicara où Laïs avoit vû le jour. Elle fut enveloppée dans la désolation de sa Patrie, dont la plûpart des habitans devinrent esclaves ; sa beauté & sa jeunesse désarmerent sans doute ceux que la fortune avoit rendu ses maîtres : voilà pourtant de quoi Plutarque ne parle point, quoique d'ailleurs il entre dans un détail affez particulier de fa vie.

Comme Alcibiade étoit à cette guerre de Sicile, & qu'il a eu une maîtreffe nommée Damafadra, ainfi que la mere de Laïs; ceux qui cherchent des origines illuftres aux perfonnes extraordinaires, ont voulu la croire fille de ce grand Capitaine. Les bons Chronologiftes ne s'y méprennent toutefois pas, & fon âge ne s'y peut rapporter. Sa naiffance étoit fimple; mais fa beauté éclata de telle forte lorfqu'elle fut en Grece, que deux femmes fe difputant l'avantage de l'avoir mis au monde, & n'ayant pas une bonne raifon à donner, fe livrerent à la fin un combat où il y eut beaucoup de cheveux arrachés, & peut-être du fang répandu.

Plufieurs Villes même jaloufes de la gloire d'Hicara, ne voulant pas lui céder l'honneur d'avoir vû naître Laïs dans fon fein, fe l'attri-

buerent tour à tour, & eurent fur ce
point de longs differens. Comment des loüanges fi peu fufpectes
ne l'auroient-elles pas enorgüeillie,
cette feule circonftance qui la met
pour ainfi dire en paralelle avec
Homere, rendra fa mémoire recommendable dans tous les fiécles.
Celui où elle vivoit, fécond en
hommes illuftres, rendit une entiere juftice à fes charmes. Les
guerriers dépofoient leur trophéesà
fes pieds; lesPoëtes ne travailloient
plus que pour elle ; les Philofophes
abjuroient leur févérité pour fe re-
lâcher dans les délices de fa converfation ; les Orateurs oubliant le
foin de la Patrie, employoient toute
leur éloquence à vanter les merveilles de fa beauté ; tout foupiroit
pour elle: Plutarque dit avec des
expreffions fort vives, que la Grece brûloit de fon amour, & qu'elle
avoit affez d'amans pour en com-
pofer une armée, quoiqu'elle en
rebutât beaucoup. Ce fut à Corin-

the où elle choisit sa demeure,
Ville magnifique, voluptueuse &
très-propre au métier de courtisanne, que Laïs exerça avec tant de
splendeur, que jamais femme n'a
porté si haut la somptuosité des
meubles, des habits & de toute
sorte de dépense, qu'elle l'a porta
dès les premieres années de son régne. Cette expression n'est point
trop forte. Elle parut comme un
nouvel Astre qui venoit éclairer la
Grece ; elle disposoit à son gré des
cœurs & des volontés ; c'étoit la
mode de l'aimer, & cette mode
n'étoit point un caprice.

Appelles, ce fameux Peintre,
qu'Alexandre jugea non seulement
seul digne de faire son portrait,
mais qu'il honora même de son
amitié ; personne n'ignore jusqu'où
il la poussa en lui cédant une maîtresse, Appelles, dis-je, eut les pre-
mices des graces de Laïs ; elle
étoit si jeune alors, que les amis
de cet ingénieux artiste, ne com-

prenant point qu'il pût avoir de l'a-
mour pour un enfant , lui firent la guerre d'avoir choisi une
telle maîtresse Il leur répondit par
un trait de vivacité un peu trop li-
bertin pour le mettre ici ; ce fut
cependant une espece de prophétie.

Demosthene , le sévere Demosthene, ce merveilleux Orateur qui
cachoit tant d'art & d'esprit sous la
hardiesse de ses figures & la pétu-
lance de ses expressions , & qui passionné de la liberté , ne cessa jamais de déclamer contre Philip-
pes & contre Alexandre , ne dédaigna point de faire un voyage à
Corinthe pour obtenir des faveurs
de Laïs. Il est vrai que le prix de
quatre cens pistoles qu'elle exigoit
d'ordinaire , lui parut si excessif;
qu'il dit en reprenant son chemin
vers Athenes : *Aux Dieux ne plaise
que j'achete si cher un repentir.* Ce
grand homme s'étoit laissé aller au
torrent; la raison l'éclaira un peu

tard; & si on osoit faire un jugement, on pourroit croire que l'a-
varice eut autant de part qu'elle à
son retour. Il n'étoit point exempt
de foiblesse; on sçait que dans la
déroute de la Bataille de Cheron-
née, la peur lui troubla de telle
sorte le jugement, qu'il demanda
la vie à un Buisson qu'il prit pour
une troupe d'ennemis.

Les Citoyens de Corinthe n'é-
toient pas taxés si haut : elle les
regardoit comme des Sujets sûrs,
qu'il ne falloit pas épuiser; mais
pour les étrangers, elle ne leur faisoit point de quartier. Le tribut
qu'elle en tiroit donna lieu à ce
proverbe si commun : *Il n'est pas
permis à tout le monde d'aller à Corinthe.* » Je ne les reverrai peut-être
» jamais, disoit-elle, il faut en tirer
» parti tandis qu'on les tient. Ne
» deviennent-il pas tous déserteurs?
» On ne leur peut faire trop rude
» guerre.

Diogene le Cinique, censeur
redoutable

redoutable de toutes les fautes
d'autrui; ce severe effronté qui cachoit tant d'orgueil sous les lam-
beaux de ses vêtemens, & qui avoit
toutesfois assez d'esprit, malgré le
dérangement de ses actions, pour
que Socrate ait dit de lui, que
quand il entendoit ses bons mots
il croyoit voir Platon yvre. Ce,
Diogene, dis-je, étoit amoureux
de Laïs, & ce qui doit surprendre
davantage, il en étoit reçû, &
reçu gratuitement. Son horrible malpropreté ne la rebuta
point; elle avoit même une sorte de goût pour lui. Il s'en falloit
bien qu'Aristipe Philosophe Platonicien, & Platonicien relâché;
homme propre, poli, parfumé &
voluptueux, n'en fût traité si favorablement. Il dépensoit beaucoup
pour elle, & c'étoit avec peine
qu'elle le souffroit. Effet bisarre
des caprices de l'amour! Si on peut
appeller amour un commerce
comme celui-là.

K

Un valet de ce Philosophe, de qui les longs services autorisant la liberté, lui représenta un jour le mauvais emploi qu'il faisoit de son argent, en le prodiguant pour une femme servie par tant d'autres. Je la paye, lui dit-il, pour qu'elle me favorise, & non pas pour qu'elle n'en favorise point d'autres. Un de ses amis tâcha de le piquer sur le peu de reconnoissance que Laïs avoit pour lui. Je ne crois pas, reprit-il en riant, que le vin que je bois, & le poisson que je mange m'aiment beaucoup. Je prend pourtant grand plaisir à m'en nourrir. C'est ainsi qu'il se présentoit sous le titre d'indifferent, sans s'embarrasser de passer pour licentieux; c'étoit néanmoins une affectation. Il dédia de fort beaux Ouvrages à Laïs; il faut quelque chose de plus particulier que de la volupté pour donner un tel spectacle au Public.

C'étoit une chose curieuse de

voir les amans de Laïs se promener la nuit au tour de sa maison ;
les uns se déguisoient, les autres
tiroient gloire de leur foiblesse.
Aristipe étoit un de ceux qui y faisoient le moins de façons ; sa ron-
de nocturne étoit fréquente ; comme il étoit moins aimé que ses rivaux, il n'en avoit que trop souvent le tems. Pour Diogene, il
n'étoit pas accoutumé à se contraindre quand le cœur lui en disoit, il se tenoit sur les avenuës :
mais plutôt pour tirer quélque
trait envenimé sur l'amoureuse co-
horte, que pour s'informer des plus
heureux. Aristipe étoit le plus ordinaire but de ses railleries, il le
trouvoit souvent en sentinelle, toûjours propre, toûjours parfumé :
le contraste étoit parfait entre ces
deux concurrens. Le Cinique armé de son audace naturelle, allant
un soir selon sa coutume attaquer
le Platonicien : Ou cesse, lui dit-
il d'aimer une Courtisane, ou de

viens Cinique comme moi. Eh quoi! reprit Ariftipe, ne logerois-tu point dans une maifon où d'autres auroient habité? N'entrerois-tu point dans un Vaiffeau où d'autres auroient entré avant toi? C'eft tout de même, mon pauvre Diogene. Tu parles comme je devrois parler, interrompit-il: mais le délicat Ariftipe qui ne refpire que la politeffe, le luxe & la volupté, peut-il s'accommoder d'un partage où il entre même pour une fi petite part? Ariftipe fentit fi bien l'ironie de ces paroles, qu'il répondit avec aigreur: O Diogene! je poffede Laïs: mais elle ne me poffede pas. J'ai acheté le droit d'entrer chez-elle, je fuis le maître de ce commerce, je le quitterai quand je voudrai.

Ces deux Philofophes fi differens, non-feulement par leurs Sectes, mais encore par l'ufage qu'ils en faifoient, & par leurs inclinations, avoient fouvent de petites difputes enfemble. Les Ciniques

n'estimoient qu'eux ; tous les autres méprisoient les Ciniques. Diogene s'étant fait une habitude de
la nourriture grossiere, mangeoit
un jour des choux crus en présen-
ce d'Aristipe : Si tu sçavois manger
des choux, dit-il à celui-ci, tu n'i-
rois pas chercher la table des Rois.
cela fondé sur ce qu'il avoit souvent mangé à celle de Denis, Tyran de Siracuse. Si tu sçavois vivre
avec des Rois, repartit vivement
Aristipe, tu ne mangerois pas des
choux.

Tout ceci n'est que pour réveiller les idées que l'on a de
ces personnages si renommés, &
pour donner une image des differens caracteres qui composoient la
Cour de Laïs. Elle brilloit au milieu de tous ses adorateurs, autant
par son esprit que par sa beauté ;
la nature lui avoit donné l'un &
l'autre. Si l'envie de plaire avoit
ajoûté à ses charmes, toutes ses
graces atrayantes, qui donnent un

souverain pouvoir fur les cœurs; le defir de fe faire admirer d'une maniere plus folide la fit profiter de la converfation de ce qu'il y avoit de plus fçavant & de plus fpirituel en Grece, & les gens de Lettre avoient auprès d'elle un accès plus facile que tous les autres, foit par inclination, foit en vüe d'être immortalifés par leurs Ouvrages.

Cela n'empêchoit pas que fa maifon ne fût le rendez-vous des plus illuftres Capitaines de fon temps; c'étoit même une raifon pour les y attirer. Prefque tous avoient beaucoup d'efprit, & les autres brûloient d'en avoir. Tems heureux! où la converfation étoit un des plus grands plaifirs, & où fans croire tout fçavoir, fans rien apprendre, on vouloit tout apprendre pour fçavoir quelque chofe!

Lorfque la Compagnie étoit la plus nombreufe & la meilleure chez Laïs, Diogene y entroit infolemment avec ce manteau dé-

chiré, ce bâton & le reste de cet
équipage confacré aux Ciniques.
S'il étoit reçû de la troupe avec
quelque dédain, fes bons mots l'en
dépiquoient; fi l'accüeil lui en étoit
favorable, fon orgüeil en augmentoit; enfin toûjours redoutable,
il fe faifoit craindre & fort peu
aimer. Laïs étoit d'ordinaire la
feule qui prît fon parti, il ne l'en
ménageoit guére davantage ; il
avoit plûtôt des défirs que de l'a-
mour, & par tant peu de politeffe.

Laïs de fon côté tâchoit à amaf-
fer des tréfors, & n'avoit encore
jamais eu de paffion. Eubates jeune
homme de Cirene, de parfaite
beauté, paffa à Corinthe pour la
voir comme une des merveilles du
monde : la premiere vuë fut fatale
à l'un & à l'autre. Laïs étoit dans
un Temple de Vénus à qui elle
offroit un Sacrifice. On croyoit
en Grece, & fur tout à Corinthe,
que cette Déeffe étoit favorable

aux vœux des Courtisannes. On lui en consacroit dans les calamités publiques ; Xenophon lui en dédia un certain nombre fixe, lors de l'irruption de Xerxés, dont il se tira avec tant de bonheur & de gloire, & leur fit chanter le Cantique qu'il avoit composé.

C'est en vain que ces Peuples quelquefois pressés sur les étranges attributs de leurs Divinités, s'inscrivoient en faux contre des accusations si justes. Ces dévoüemens de femmes abandonnées, qui passoient pour un point de Religion, prouvent démonstrativement que leurs fuites là-dessus n'étoient que pour éviter une honteuse conviction des tenebres dans lesquelles ils vivoient, & dont le libertinage les empêchoit de sortir.

Il faut revenir à Eubates, qui, tout ébloüi des beautés de Laïs, & de la grace qu'elle avoit en offrant son Sacrifice, n'eut rien de plus pressé que de lui aller apprendre

dre ses sentimens. Le coup de foudre ayant agi sur elle comme sur
lui, elle sentit quelque chose de
si doux dans la naissance de cette
passion, qu'elle ne cessoit de remer-
cier Vénus des mouvemens qu'elle
excitoit en elle; jusques-là, plûtôt
fatiguée que touchée des empressemens de ses adorateurs, elle n'a-
voit connu que le désordre, la coquetterie & l'interêt. Eubates lui
fit mépriser tout autre soin que
celui de lui plaire : appliquée à s'en
faire aimer, elle ne respiroit plus
que les tendres délicatesses de l'a-
mour. La foule fut dissipée, on ne
voyoit plus la belle Laïs aux spectacles ; les lieux solitaires où elle
étoit seule avec son amant, devinrent alors ses délices. Les jours
leur sembloient trop courts. Que
je vous suis obligée, disoit-elle à
Eubates, de m'avoir appris à aimer !
Que je regrette le tems que j'ai per-
du ! Hélas ! si je vous avois vû dans
les premieres années de ma vie,

L

que j'aurois goûté d'innocens plaifirs, & que je me ferois épargné de
remords! Où vous fe riez-vous ca-
chée, reprit-il, ma chere Laïs,
pour priver le monde de la vûë
de cette prodigieufe beauté, qui
vous en fait idolâtrer? Non, non,
ajoûta-t'il, je penfe autrement que
vous. J'aime à voir qu'ayant reçû
le culte univerfel, vous receviez
celui que je vous rends avec une
préférence qui comble tous mes
défirs. On dira un jour : *Laïs la*
plus belle femme de la terre, fut ai-
mée de tous les hommes. Eubates feul
entre les hommes toucha fon inclina-
tion. Ah! Laïs, continua-t'il, en lui
embraffant les genoux, mon nom paffe-
ra à la pofterité avec plus de gloire
que celui des plus fameux Heros. Je
fuis trop heureux, ne me fouhaitez
point une autre forte de bonheur.

Ces deux amans fe donnoient
ainfi de mutuelles marques de leur
attachement; le défefpoir des autres adorateurs étoit un ragoût pour

eux. Tout fut tenté pour avoir les entrées chez Laïs; mais elle avoit des vûës trop férieufes pour répondre à leurs empreffemens. Les femmes du même caractere profiterent de fa confifcation; encore trop heureufes de voir leurs maifons remplies des rebuts de leur dangereufe rivale. Ariftipe avoit beau joüer l'indifferent, on voyoit un rire amer fur fon vifage qui peignoit les fentimens de fon cœur. Diogene en étoit plus mordant qu'à l'ordinaire, & fe divertiffoit fouvent à interrompre fon rival & fa maîtreffe dans les aziles qu'ils choififfoient pour fe voir à leur aife.

Un jour qu'il les avoit fuivis de loin dans un Jardin à quelques ftades de Corinthe, où il y avoit des eaux & des bois; il fe cacha derriere une touffe de rofiers & de jafmins, affez près d'une fontaine où ils étoient affis. Eubates avoit réfolu de difputer cette même année le prix aux jeux Olympiques ; le tems fatal approchoit où il falloit se séparer : Vous allez combatre, lui dit Laïs, & vous allez vaincre, mon cœur me le dit, & notre gloire le veut ; mais que vais-je devenir ? L'absence, la bruyante dissipation des spectacles, les objets que vous y pourrez voir, tout m'allarme, tout m'afflige ; ce n'est peut-être qu'à votre éloignement que je donne des larmes : peut-être aussi est-ce un pressentiment de quelque malheur. Que vous êtes injuste contre vous & contre moi, reprit Eubates ! Votre beauté & ma constance, doivent vous servir de garans que vous me trouverez aussi amoureux à mon retour que je le suis en vous quittant. Ce n'est pas assez, repartit-elle ; il me faut une assurance plus précise. Vous m'aimez, j'ai des richesses immenses, unissons-nous par des liens éternels, c'est maintenant le seul but où j'aspire.

Que ferois-je de ces biens sans vous?
Assurons-nous, mon cher Eubates,
une felicité que toute la terre envie & qu'on ne puisse troubler. Vivons heureux avec innocence.
Allons chercher au bout du monde une retraite pour cacher ces
traits infortunés qui . . . . A ces
mots Laïs mit une de ses mains
sur son visage pour cacher la rougeur que l'image de ses désordres
lui causoit. Mais non, ajoûta-t'elle,
je ne puis leur vouloir de mal, à
ces traits qui m'ont attiré vos regards & soumis vôtre cœur. Vous
ne répondez rien ? continua-t'elle
encore en voyant les yeux d'Eubates distraits, & un trouble extrême
sur son visage: Est-ce la joye? est-ce
l'étonnement qui cause votre silence ? Expliquez-vous, Eubates; je
ne puis rester davantage dans ce
doute. C'est la joye imprévuë, ma
chere Laïs, reprit-il, en se remet-
tant promptement. Qui ne seroit
touché de vos bontés ? S'il est ainsi,

repartit-elle , en tirant une boë-
te magnifique de sa poche; voilà
une image qui vous fera souvenir
de moi; que ne peut-elle vous marquer mon ardeur à tous les momens
du jour, & faire tous vos plaisirs
en mon absence, comme votre
idée fera tous les miens, tandis
que je serai privée de vous voir!

Eubates demeura charmé de la
beauté du portrait de Laïs. Il fit
toutes les actions d'un homme
transporté de plaisir; il le baisa,
il lui parla, il répara bien enfin
le petit instant d'inquiétude qu'il
avoit donné à sa maîtresse; il
croyoit avoir plus d'une raison
d'être satisfait de ce present. La
proposition de Laïs l'avoit jetté
dans un embarras inconcevable:
elle vouloit être sa femme, & il
en avoit une à Cirene, belle, jeune & vertueuse. Il l'a voit épousée
par amour; il venoit de sentir dans
cette occasion une revolution favorable pour elle. L'ascendant que

Laïs avoit fur tous les cœurs avoit
rendu le fien infidéle : l'attachement qu'elle avoit pris pour lui,
& fon dévoüement abfolu, avoient
achevé de le conduire dans les égaremens dont il commençoit à fe
repentir. L'étrange idée d'un mariage avec une telle femme l'avoit
revolté : il avoit paru rêveur. Quel
moyen cependant de fe fouftraire à
fes empreffemens ? Il lui étoit écha-
pé une efpece de confentement
qu'il n'avoit ni la volonté, ni le pouvoir d'effectuer. Il penfa que le portrait de Laïs le fauveroit du parjure
par le moyen de la direction d'intention : ce fut un grand foulage-
ment pour lui ; il ne feignit plus de
lui promettre pofitivement de l'em-
mener à Cirene au retour des
jeux Olympiques : & pour tenir
exactement fa parole il garda foi-
gneufement ce Portrait.

Laïs triomphoit dans fon ame
de l'effet qu'il avoit produit. Daigne, Vénus, dit-elle à Eubates

L iiij

d'un air gracieux & emporté ; daigne Vénus, vous ramener tel que je vous perds. Je ne lui ferai des vœux que pour vous. Pendant une abſence qui me déſeſpere ſouvenez-vous de votre Laïs. ... Elle alloit continuer lorſque Diogene ſortant du lieu où il s'étoit caché, d'où il avoit tout entendu, lui dit en riant : Tu veux donc te marier, ô Laïs ! & dépoſer entre les mains d'un ſeul homme des tréſors répandus par tant de mains differentes ? Qui vous a rendu ſi hardi que de me venir écouter, interrompit-elle, avec cet air d'autorité, que les Belles ſe piquent de prendre ſur leurs amans? Ne puis-je reſpirer à mon aiſe ſans trouver des importuns? Quoi, dit Diogene, me défends-tu l'air que tu reſpire? & crois-tu qu'un homme qui n'a pû ſouffrir que le plus grand Conquerant du monde lui cachât un moment ſon Soleil, ſe prive de la promenade pour ne pas in-

terrompre les amours de Laïs? Ce
fut là où cette belle s'emporta ou-
vertement contre le Philosophe.
Tâche, tâche à acquerir du phlegme, reprit-il; je prévois que tu en
auras besoin. Ce jeune homme
pour qui tu méprises toute la terre,
me vengera bien-tôt de tes injures.

Peut-être Diogene ne parloit
ainsi, que sur la regle générale qui
ne permet point d'éternels amours;
peut-être aussi sa pénétration, aidée
des divers mouvemens qui avoient
paru sur le visage d'Eubates, avoit
été plus loin. Quoiqu'il en soit,
Laïs trouva ce jour-là Diogene de
fort mauvaise compagnie, & comme elle lui disoit des choses très-
piquantes : Cesse de te travailler,
lui dit-il, à chercher des termes
propres à m'offenser comme Cinique; tes coups portent à faux,
& je ne suis plus dans tes chaînes, puisque tu as délivré tous tes
captifs.

Le départ d'Eubates caufoit trop de douleur à Laïs, pour que fa difpute avec Diogene lui tînt longt-tems au cœur; elle ne lui fit pas la grace de s'en fouvenir. Il eft vrái qu'il n'en fit pas de même; il répandit dans toute la Ville que Laïs vouloit fe marier. Les couleurs dont il ornoit la peinture de fon adieu avec Eubates, furent vives. Ariftipe en fut affligé jufqu'à paffer quelques jours en folitude. Chacun fentit ce récit plus ou moins, felon les divers degrés d'amour qu'il avoit. Cependant Laïs pouffoit des foupirs, verfoit des larmes, invoquoit Vénus pour le bel Eubates, tandis qu'il combattoit aux jeux Olympiques. Il en remporta le prix, & revit fa patrie & fa femme victorieux & repentant. Ce même portrait dont j'ai parlé, fatisfit fon imagination & fa vanité. Il crut avoir rempli fa promeffe, puifqu'il avoit conduit l'image de Laïs à Cirene, & il

Crep Sc.

la montra à sa jeune Epouse com-
une preuve des folles amours de
l'original, en lui supprimant la part
qu'il y avoit. Plus elle trouvoit de
charmes dans la peinture, plus elle
admiroit une continence dont elle
le crut doüé sur sa parole, & con-
nte par de-là toute borne, elle
eriger une Statuë pour monu-
ment éternel à sa gloire, pour servir à jamais d'exemple aux maris
absens.

C'est ce trait de débonnaireté
qui a dupé plusieurs Historiens, en
leur persuadant une chose dont
les mieux informés ont percé la verité. Quand l'assemblée des jeux
Olympiques fut dissipée, & que
Laïs ne vit point revenir Eubates,
elle s'abandonna à la plus funeste
douleur. La mesure de son amour
fut celle de son désespoir. Elle avoit
tout quitté pour lui. Elle avoit ré-
solu de renoncer pour jamais aux
conquêtes, afin de lui prouver son
attachement. L'ingrat l'oublioit

pour jamais; il la laiſſoit en proye
à de longs ennuis. Qu'alloit-elle
devenir? Elle n'enviſageoit qu'un
avenir plein de repentir & de lan-
gueurs.

Après avoir pleuré plus que ſuffi-
ſamment pour une femme comme
elle, il ſortit des diverſes réflexions qu'elle fit après ſes premiers
mouvemens, un nouveau déſir de ſe
venger en lui donnant plus de Suc-
ceſſeurs qu'il n'avoit eu de prédé-
ceſſeurs. Elle y réuſſit parfaitement.
On n'attendoit que le moment heureux de rentrer chez elle pour ſe rat-
tacher à ſon char. Plus d'amans
que jamais, plus de fêtes, plus de
préſens. Le métier de Courtiſanne
s'exerçant alors comme un autre
métier, celle qui y faiſoit les plus
grands progrès en tiroit ſa gloire.
Laïs fut une de celles qui pouſſa
plus loin ce biſarre honneur. On
croyoit la recevoir du Ciel une
ſeconde fois. Il n'y eut pas juſqu'à
Diogene qui reparut ſur les rangs

aux dépens de quelques traits qu'elle en essuïa. Enfin les loüanges, véritable antidote du chagrin des femmes, & le tulmute de sa cour, firent oublier à Laïs un homme, à son avis indigne de son souvenir, & sa beauté ne fut jamais si parfaite, quoiqu'elle ne fût plus dans cette fleur de jeunesse qui frappe d'ordinaire les grands coups.

Ce fut en ce tems-là que Miron, célébre Sculpteur, se présenta chez elle sans oublier d'offrir la rétribution ordinaire : il avoit les cheveux tous blancs. La délicate Laïs le rebuta, & lui en fit connoître le motif. Il ne voulut pas demeurer court pour une nuance de plus ou de moins ; il se fit peindre les cheveux & la barbe avec beaucoup d'art, & retourna fierement la voir, mais elle ne s'y méprit point. Va, va, lui dit-elle, tu me demandes une chose que je refusai ces jours passés à ton pere. Je ne sçais pourquoi on a tant vanté cette

repartie, il me paroît que la plaifanterie eft fauffe ; en rétorquant
l'argument, on y trouvoit mieux
fon compte ; mais cela eft confacré
par l'antiquité ; une Hiftoire fidelle
ne peut l'obmettre. Voici une autre avanture qui doit tenir fa place
parmi celles de notre Héroïne.

Xénocrate, Philofophe Stoïcien,
qui ajoûtoit à la févérité des loix du
portique, tout ce qu'une humeur
auftere peut faire inventer pour renoncer aux plaifirs même les plus
innocens, ayant un jour fait le fujet de la converfation chez Laïs,
elle fe vanta de s'en faire aimer, fi
elle vouloit l'entreprendre. Tous
fes amans, ou par adulation, ou
par prévention, ne voulurent pas
douter un moment de fon pouvoir;
mais une de fes amies préfente à
ce difcours, prit la liberté de lui
remontrer quel homme c'étoit que
Xénocrate. Il eft vrai, dit Laïs,
auffi ne lui oppoferai-je pas de foibles armes. Elle fe regardoit dans

un miroir en parlant ainſi, & ſe trouvant pour le moins auſſi belle qu'elle étoit, elle pouſſa la conteſtation juſqu'à une gageure : l'argent fut dépoſé en main tierce, on ſe remit à la bonne foi de Laïs de la verité de l'avanture, elle avoit apparemment de la probité ; c'eſt une vertu qui n'eſt pas toujours incompatible avec un peu de vice.

Pour mettre promptement la la main à ce grand œuvre, elle monta dès ce même ſoir dans ſon chariot, elle en deſcendit à un coin de rüe aſſez proche de la maiſon de Xénocrate, & alla ſeule frapper à ſa porte, feignant un accident qui la mettoit dans la néceſſité abſoluë de paſſer la nuit chez lui. Peut-être n'avoit-il jamais vû Laïs ; ſa ſurpriſe ne fut pas médiocre de voir à une telle heure une ſi belle femme & ſi bien parée ; cependant ſi ce Philoſophe n'étoit pas galant, il étoit hoſpitalier. Sa maiſon étoit petite ; il n'avoit que ſon lit, il en offrit la moitié à Laïs , comme il l'auroit offert au plus vilain homme du monde. Elle l'accepta, toute surprise d'un procédé si uni. Il dormit la nuit entiere fort tranquillement, sans y entendre d'autre finesse. Tant de sagesse impatienta notre avanturiere ; elle se leva de fort-grand matin, aussi piquée de cette indifference, que si Xénocrate eût été fort aimable ; tant l'amour propre fait penser bisarrement. Elle avoüa de bonne foi ce qui lui étoit arrivé ; mais , ajoûtat-elle , avec vn violent dépit , je croyois trouver un Stoïcien, & non pas une statuë. La gageure fut toutefois payée, & cette légere mortification fut bientôt suivie d'une petite victoire dans un autre sens, qu'il faut aussi apprendre au Lecteur.

Euripide , dont chacun connoît ou les ouvrages ou le nom, loin d'être tombé dans les filets de Laïs, se faisoit un point de vertu d'en parler avec mépris & indignation. Elle le

trouva

trouva unjour la plume à la main
dans un jardin où elle alloit souvent
se promener. Au lieu d'éviter un si
redoutable censeur, elle s'avança
vers lui & lui demanda l'explication
de certains vers dans lesquels il peignoit une personne, dont les actions blessoient la bienséance &
l'honnêteté. Le Poëte indigné de
sa hardiesse, ou fâché d'être inter-
rompu, lui dit : C'est toi-même
que je peins, ô Laïs, dans ce mor-
ceau de Poësie, dont tu me parles.
A ces mots, avec une vivacité
merveilleuse, elle lui cita deux autres vers, où il avançoit téméraire-
ment qu'une action n'est mauvaise
que quand on la croit telle : ainsi,
ajoûta Laïs, je ne suis pas crimi-
nelle, puisque je ne crois point
l'être ; & toi, Euripide, malgré
ces mœurs dont tu te piques, tu
souffles le froid & le chaud. Elle
rioit de la meilleure grace du monde en parlant ainsi. Euripide se mit
en colere ; c'est une passion qui

M

donne quelquefois de l'éloquence, & cauſe ſouvent de l'embarras & de l'obſcurité : notre grand Tragique ſe trouva dans ce dernier cas; il ne dit que des injures mal arrangées, tandis que Laïs qui avoit conſervé le ſang froid, lui répondit des choſes piquantes, qui acheverent de le mettre hors de meſure & le firent ſortir vaincu d'une ſorte de combat où , peu d'athletes neanmoins le ſurpaſſoient d'ordinaire. Les flatteurs de Laïs eleverent bien-haut ce triomphe, & l'ont fait paſſer à la poſtérité, tel que je le rends ici.

Laïs étoit regardée de tous les voluptueux avec une eſpece de vénération. Un jeune Theſſalien, curieux de choſes rares, partit exprès de ſon païs pour l'aller voir à Corinthe. Ce fut à un ſpectacle qu'il la vit la premiere fois : elle n'étoit plus jeune ; il en demeura toutefois enchanté. Comme il étoit lui-même beau & de bonne mine, elle le

démêla facilement. Il la vit le lendemain chez elle, & pour la fecon-
de fois l'amour la favorifa d'une
paffion tendre & délicate, qui faifoit toute fon occupation & tout
fon bonheur. Paufanias de fon côté
(c'eft ainfi que fe nommoit le Thef-
falien, felon Athenée,) prit autant
d'amour qu'il en falloit pour paffer
des jours heureux avec Laïs. Elle
garda d'abord un peu plus de me-
fure avec celui-ci qu'avec Eubates, foit que la premiere paffion foit
toûjours la plus violente, ou que
quelques réflexions fur fon âge lui
fiffent craindre la prefcription, fi
on s'accoûtumoit à ne la plus voir;
fa tendreffe l'emporta pourtant à
la fin, elle fe défit poliment de cette foule qui n'étoit point diminuée,
& pour n'être pas fi fouvent à por-
tée des railleries de Diogene, elle
acheta une jolie maifon à plufieurs
ftades de la Ville, où elle paffoit
des jours filés d'or & de foye avec
fon nouveau favori. Que leurs en-

M ij

tretiens avoient de feu! l'esprit se joignoit à leurs transports ; c'est un grand moyen d'éviter cette satieté & cet ennui que cause un long tête à tête.

Pausanias juroit à Laïs de l'aimer éternellement & d'abandonner sa Patrie pour ne la quitter jamais. Laïs attestoit Vénus qu'autre que Pausanias ne la posséderoit de sa vie : ils étoient alors de bonne foi. Si la suite les rendit parjures (c'est un crime trop ordinaire aux amans pour s'en étonner) l'adroite Laïs avoit orné sa maison de meubles galans & magnifiques. Outre des livres elle avoit des oiseaux & des esclaves qui chantoient comme Phimelle : ces femmes étoient employées à les divertir pendant leur repas, suivant l'usage de ce tems-là. C'étoit un perpetuel enchantement ; aussi Pausanias assûroit-il que les jours lui paroissoient des instans dans ce séjour de délices; mais tout passe, & le destin voulut se servir du miniftere d'Appelles pour défunir ces deux perfonnes qui fe trouvoient fi bien de leur amour.

Ce grand homme eut des affaires à Corinthe : l'ancien droit qu'il avoit fur Laïs, la lui fit rechercher avec affez d'empreffement. On lui dit chez elle, qu'elle étoit à la campagne ; il s'informa du chemin qu'il falloit tenir pour y aller, & fe rendit à fa jolie maifon avec confiance. La réception ne fut pas fi bonne qu'il avoit lieu d'efpérer ; fa vûë rappella à l'imagiuation de Laïs le nombre d'années qui compofoient fon âge, & qu'elle oublioit volontiers. Cette raifon & l'attachement prodigieux qu'elle avoit pour Paufanias qui lui faifoit fouffrir impatiemment toutes diftractions, répandit une froideur fur fon vifage & dans fes difcours, dont Appelles s'apperçut & dont il fe fentit très-piqué ; mais auffi poli que bien fait & auffi fpirituel que galant, il feignit de n'y prendre pas garde, & s'établit pour quelques jours dans un lieu où il n'étoit pas trop fâché d'incommoder, bien ré-solu de se venger d'une façon ingé-nieuse du peu d'égard qu'on avoit pour lui. Dans ce dessein, il lui proposa de la peindre ; elle crut ne pouvoir mieux mettre à profit un tems qu'elle regardoit comme per-du. Il travailla de cette sçavante main qui répresentoit jusqu'aux mœurs : on sçait ce que l'antiquité a publié de son tableau de la ca-lomnie. Il ne chargea point le por-trait de Laïs ; mais la faisant voir telle qu'elle étoit alors, il se garda bien d'y ajoûter de ces traits déli-cats dont les femmes se laissent du-per : c'étoit d'ailleurs un ouvrage parfait, tant pour le coloris, que pour le dessein qui ne pouvoit être plus galant ; car en affectant de ne point embellir Laïs, il ne négligea aucun des autres ornemens agréa-bles, qui font un tableau d'un por-trait. Quand il fut achevé, Ap-

pelles le plaça malicieuſement près
d'un autre portrait de Laïs; qu'il
avoit fait dans ſa premiere jeuneſſe,
& qui paroiſſoit alors celui de ſa
fille. Elle n'eut pas plutôt jetté
les yeux deſſus, que les détournant
avec chagrin : Ah! Appelles, qu'il
eſt dangereux de vous offenſer, s'é-
cria-t-elle! Qu'ai-je fait, lui dit-il
en ſoûriant? Vous avez, reprit-elle
une cruelle main : il s'en faut bien
que mon miroir ne me reproche
ce que vous me montrez avec tant
d'art. Ne vous ai-je pas fait reſſem-
bler, repartit-il? Eh c'eſt ce qui
me tuë, dit-elle. Pourquoi veniez-
vous ici? Fatal voyage! Qu'il me
coûtera cher! Appelles avoit une
malignité ſur le viſage, pendant
cette conteſtation, qui déſeſpéroit
Laïs : elle n'oſoit regarder Pauſa-
fanias, témoin d'une ſcéne ſi ſin-
guliere. Vous avez tort de vous
tourmenter ainſi, reprit Appelles,
vous n'étiez qu'un enfant quand
je vous peignis la premiere fois, vo-

tre beauté est maintenant formée.
En parlant ainsi, comme il n'avoit
plus rien à faire chez Laïs, il prit
congé d'elle, & depuis ne la revit
plus.

Ce n'étoit pas sans raison que
Laïs étoit fort affligée. Pausanias
avoit une passion dans le cœur pour
une belle fille de Thessalie qu'il
alloit épouser, quand une curiosité
de jeune homme le fit aller à Co-
rhinte. On ne voyoit point Laïs
impunément ; il en devint amoureux, sans préjudice de son autre
maîtresse, qui fut toutefois oubliée
tant qu'il crut Laïs la plus belle
femme du monde ; mais par une
bizarrerie, qui étoit pourtant un peu
fondée, la malice d'Appelles fit son
effet : il compta combien il y avoit
de distance du premier portrait à
l'autre ; il sentit que les graces ac-
quises qui se poussent plus loin que
la jeunesse, soutenoient seules ses
charmes, & que l'art avoit succédé
à la nature, ou du moins aidoit à

la

la réparer. Honteux & froid, il ne
fçut que lui répondre, quand elle
voulut le fonder fur ce qui venoit
d'arriver, il s'embarraffa fans s'expliquer. Elle frémit de cette avanture, & paffa dans fa chambre où
elle fe coucha pour pleurer tout à
fon aife. Comme elle ne dormit
point du tout, elle fit venir fes femmes fort matin ; elle demanda Paufanias : mais, Dieux ! que devint-
elle, quand elle apprit qu'il avoit de-
vancé l'Aurore , & qu'étant mon-
té à cheval, il avoit pris le galop
vers la Ville. Elle ne s'étoit pas dé-
fiée d'un fi prompt départ. A peine
eut-elle le tems de s'habiller & de
faire atteler un chariot ; elle vola
après fon fugitif : tant de diligence
ne lui fervit de rien ; il avoit ap-
préhendé fes cris & fes reproches ;
& fans s'embarraffer de fes do-
meftiques, il n'eut rien de plus preffé
que d'aller dans fa Patrie avoüer fon
crime, ou le colorer, à celle contre
qui il avoit été commis.

N

Quel coup de foudre pour une femme qui aime autant sa beauté que son amant, & qui ne perd l'un, que parce qu'elle ne possede plus l'autre! Ce n'est pas que Laïs n'eût pû plaire : le goût qu'on avoit pour elle n'étoit pas passé; mais le tems s'avançoit ; il n'y en avoit guére à perdre ; cependant elle abandonna des conquêtes sûres, pour une espérance fort incertaine. Elle ne songea qu'à mettre promptement sur pied un équipage superbe, pour passer en Thessalie. Il n'y eut ouvrier fameux qui ne fût employé à la somptuosité de ses vêtemens : étoffes précieuses, pierreries, perles, broderie, rien ne fut oublié. Tout étant prêt, elle se mit en marche à petites journées pour ne se pas fatiguer, quoique son impatience fût extrême; & quand elle fut arrivée, elle donna encore quelques jours à la réparation des désordres que sa douleur avoit faits sur son visage. Son premier soin fut pourtant de s'enquérir de Pausanias. Elle sçut qu'il alloit souvent à un Temple de Vénus, sur les bords du fleuve Penée. L'endroit lui parut d'un heureux augure : elle inventa mille nouveaux ornemens pour briller aux yeux de son léger amant. Ses femmes, les plus adroites de ce tems-là, eurent bien de la peine à la mettre au point où elle se désiroit pour un si grand coup de partie. Enfin, pompeuse & brillante, elle monte dans son chariot avec quelques femmes, & se fait accompagner par une foule d'Esclaves bien vêtus. On ne venoit que d'ouvrir le Temple ; elle se plaça avantageusement pour être vûë. A peine avoit-elle commencé ses dévotions, qu'elle vit entrer Pausanias plus aimable qu'elle ne l'avoit jamais vû. Son cœur s'émeut d'une douce joye à cette vûë, mais une fâcheuse circonstance l'empoisonna. Il donnoit la main à une jeune personne, à qui il parloit avec un

N ij

plaisir & une application qui sembloit ne lui laisser d'autre pouvoir que celui de la regarder. Ils passerent en effet l'un & l'autre sans appercevoir Laïs ; elle en pensa mourir de douleur. *Déesse ! s'écria-t-elle en s'adressant à Vénus, d'une voix éclatante, si mes sacrifices t'ont quelquefois été agréables ; si ton fils & toi sont les Divinités que j'ai le plus religieusement adorés ; Venge-moi, belle Vénus, d'un ingrat qui me désespere ; & s'il ne m'est pas possible de rentrer dans son cœur, ne permets pas qu'une autre y remplisse ma place.*

Une priere si extraordinaire causa de la distraction à Pausanias & à sa maîtresse. Le premier reconnut Laïs avec étonnement, l'autre pâlit de crainte de se trouver une rivale si redoutable : car elle ne douta point de la part qu'elle avoit à cette avanture ; cependant la Déesse avoit apparemment quelque chose de plus pressé à faire que d'exaucer les vœux de Laïs, ou les in-

terêts des jeunes amans la tou-
choient davantage ; car Laïs remarqua, non sans une affliction inconcevable, que Pausanias soû-
rioit en la regardant ; & si elle eut
le plaisir de pénétrer l'inquiétude
de sa rivale, elle eut le mortel chagrin de voir qu'il la rassûroit d'une
façon à lui faire perdre patience.
Elle sortit enfin à demie évanouïe,
& ne pouvant plus soûtenir sa défaite. Elle ne fut pas si-tôt rentrée dans
la maison où elle demeuroit, qu'elle écrivit vingt lettres de suite à
Pausanias, sans jamais en trouver
une qui lui peignît assez vivement
ce qu'il lui faisoit souffrir : elle lui
en envoya pourtant une à la fin, à
quoi il ne fit point de réponse. C'é-
toit une chose si nouvelle pour elle
de se voir traiter ainsi, qu'elle auroit crû faire un mauvais songe, si
ses tourmens n'avoient été trop
réels. L'orgüeil eut beau agir, il fa-
lut encore écrire & demander une
heure de conversation. Pausanias,

pour réparer l'infidélité qu'il avoit faite à celle qu'il alloit époufer, lui communiqua cette lettre. Tant de fincerité la toucha : elle lui con-feilla de voir Laïs , pour ne pas re-noncer abfolument à la politeffe. Le rendez-vous fut donné dans un bocàge arrofé de petits ruiffeaux. Le lieu étoit tout propre à un en-tretien d'amour. Laïs y arriva dans une négligence qui avoit quelque chofe de fi galant , que Paufanias fut prêt de lui faire quelque coquet-terie ; mais ayant fait réflexion à fes engagemens , & ne voulant pas renoüer avec elle , il lui avoüa qu'il aimoit cette belle Fille avant qu'il fût à Corinthe, qu'il en étoit aimé , & que leurs parens avoient fuivi leurs inclinations, en les ac-cordant enfemble. Prêt à me lier pour le refte de ma vie, continua-t-il, je voulus auparavant vous voir, cela ne fe put faire fans vous aimer. En vain l'idée de ma maîtreffe me venoit arracher quelques retours.

Je vous aimerois peut-être encore
sans Appelles, mais depuis qu'il
m'eut ouvert les yeux, je ne son-
geai plus qu'à venir la retrouver, à
lui avoüer mon crime, à lui en demander pardon, & à mourir à ses
pieds, si je ne l'avois pû obtenir.

Infidéle, lui dit Laïs! oses tu
bien me parler ainsi? Ne te sou-
viens-tu plus de ces momens heureux, où tu me jurois une ardeur éternelle? Tu me trouvois
alors assez belle pour goûter sans
remords le charmant plaisir d'aimer & d'être aimé? N'avois-tu pas
des yeux? Te falloit-il ceux d'un
autre, pour juger si j'étois digne de
t'arrêter? La désolée Laïs continua long-tems ses plaintes: Pausanias s'étoit armé de patience, comme de fermeté. Il soutint sans émo-
tion les tendres agitations d'une
femme amoureuse & abandounée.
Tantôt la colere allumoit les regards de Laïs, tantôt la douleur
répandoit une mortelle pâleur sur
N iiij

ſes joües ; elle brûloit, elle frémiſ-
ſoit ; une ſueur froide lui cauſoit
un tremblement univerſel ; peu
après une chaleur conſumante,
lui donne une vivacité nouvelle :
enfin, elle vérifia en ſa perſonne la
peinture admirable, que la célébre
Sappho nous a laiſſée, des divers
mouvemens de l'amour, & qu'on
ne peut bien repréſenter, ſi on ne
les ſent auſſi vivement que cette
ſçavante Lesbienne les ſentoit. Ce
fut de la paſſion perduë, l'air em-
portoit les ſoupirs & les paroles de
Laïs. Pauſanias, ou n'en fut point
touché, ou pour ſe délivrer des
perſecutions qu'attire un peu d'eſ-
pérance ; il prit ſur lui de ne le
point paroître : il courut même
chez ſa Maîtreſſe, lui jurer qu'il
avoit paſſé les plus fâcheux momens de ſa vie, auprès d'une femme qui ne pouvoit plus attirer que
ſon mépris, & il l'épouſa peu de
jours après. Ce fut le comble des
malheurs de Laïs ; tous les objets

lui devinrent funeftes, & fa douleur fut fi cruelle & fi longue, que
fi on peut parler ainfi, les reftes de
fa beauté furent enfevelis fous fes
larmes. Le tems toutefois en tarit
la fource. Une femme comme elle
ne renonce pas ainfi aux plaifirs
pour toute fa vie : il n'y a qu'un
véritable retour vers le Ciel, qui
puiffe operer de ces grands miracles ; les ténébres du paganifme
ne les permettoient pas encore de
fon tems.

On a jamais bien compris pourquoi elle s'étoit établie en Theffalie, après l'outrage qu'elle y avoit
reçu. Il eft pourtant vrai-fembla-
ble qu'elle ne voulut pas aller mon-
trer fa honte à Corinthe, où elle
étoit encore idolâtrée quand elle
en partit. Quoi qu'il en foit, elle
ouvrit fa maifon, & par fon
enchantement ordinaire, elle
fe vit une cour, fi-non auffi illuftre, du moins auffi nombreufe
que jamais. L'antiquité nous ap-

prend qu'elle reçut même le culte du vulgaire, plutôt que de ne pas multiplier ses conquêtes.

Laïs, la superbe Laïs, qui avoit disposé à son gré des plus grands cœurs, se voit réduite à l'encenspeu délicat d'une multitude grossiere. Ce fut le sort, pour ainsi dire, de sa seconde beauté. Il y a apparence qu'ayant un goût exquis, cultivé par les plus beaux esprits de la Grece, & un orgüeil nourri par leurs loüanges, elle sentit avec dépit cet avilissement, & on peut conjecturer qu'elle ne s'y livra que pour s'étourdir & détourner des réflexions tristes & importunes.

C'est une fâcheuse chose que la vieillesse : si elle n'arrivoit pas insensiblement, & que de la plus brillante jeunesse on passât tout d'un coup à la décrépitude, il n'y a guére de femme qui ne fist quelque acte de désespoir, mais on se flatte, on se croit voir aujourd'hui comme on étoit hier, mille autres font

le même chemin ; on ne regarde
point derriere foi , les jours fe fuc-
cedent & s'écoulent ; il en vient
pourtant un où il faudroit fonner
la retraite ; ce jour fatal eft toujours marqué par la défertion
de quelque amant : c'eft précifément le cas où étoit Laïs,
quand elle entreprit de fuivre Paufanias , & cette nouvelle foule d'indignes foûpirans en affermit bien-
tôt la preuve. Il lui en échapoit
aujourd'hui une troupe , demain
une autre ; enfin le champ demeura vuide ; elle le fouffrit avec la
rage qu'on fe peut imaginer ; tous
les hommes lui parurent alors des
ingrats. Qu'elle fit d'imprécations
contre l'amour ! non qu'elle n'y fût
encore foumife par fon inclination , mais il l'abandonnoit dans
un tems, où elle avoit le plus de befoin de fon fecours. Elle s'en prenoit à tout : fes femmes n'étoient
plus ingénieufes à la parer, fes efclaves la fervoient mal, fon mi-

roir lui reprochoit desannées à quoi
son cœur ne pouvoit consentir. Ce
fut cet importun témoin de ses attraits, qui fut le plus maltraité; elle les proscrivit tous impitoyable-
ment, on n'en vit plus depuis chez
elle, & dans le reste de sa vie, on
remarqua qu'elle ne s'étoit jamais
regardée dans aucuns.

A près avoir solemnisé son dépit
de la façon du monde la plus terrible, elle se détermina tout d'un
coup à attirer la compagnie chez
elle par d'autres voyes: son esprit
la servit bien dans cette occasion;
son entretien avoit un charme inexplicable. Elle déposa l'étendart de
la galanterie entre les mains de
plusieurs jeunes personnes dont
elle s'étoit fait aimer par sa douceur
& par sa complaisance. Au commencement on n'avoit dessein que
de profiter de son exemple pour
se rendre aimable dans la conversa-
sation, mais on apprit plus qu'on
n'avoit eu dessein d'apprendre. Les

infinuations de Laïs, foutenuës des
empreffemens des hommes les
mieux faits de Theffalie, opererent
du moins autant fur les mœurs que
fur les efprits. Voilà fur quoi quelques Auteurs fe font un peu trop
égayés: les peintures qu'ils font de
ce nouvel art de Laïs, ne font
pas propres à paroître dans une
hiftoire qu'on a tâché de rendre
auffi pure que la matiere l'a permis.
Enfin fi Laïs n'avoit fouhaité que
des tréfors, des amis & des loüian-
ges, elle auroit eu lieu d'être fa-
tisfaite. Les fervices qu'elle rendoit alors, obligeoient beaucoup
de fortes de perfonnes; toutes à l'envi l'accabloient de foins & de ri-
cheffes. On dit que la jeune époufe
de Paufanias n'échapa pas des filets
qu'elle avoit tendus, & que cette
vengeance la dédommagea d'une
partie de fon chagrin; cependant
elle gémiffoit au fond de fon cœur
du peu de part effective qu'elle
avoit aux vifites qu'on s'empreffoit

de lui rendre. Que Diogene n'étoit-
il là pour répandre fon fel fur de
tels égaremens !

Nous voici enfin arrivés à la
cataftrophe. Laïs étoit fort vieille
& n'en étoit pas moins recherchée
pour les raifons qu'on vient d'expliquer fuccinctement, lors qu'é-
tant allée s'acquiter d'un vœu dans
ce même Temple de Vénus, bâ-
ti fur le délicieux Penée où elle
avoit vû Paufanias, elle fut attaquée par une troupe de femmes
qui l'accablerent d'injures. L'une
outrée dès long-tems d'un amant
enlevé, l'autre indignée de la fé-
duction de fa fille; celle-ci feulement parce qu'elle avoit été belle,
toutes enfemble s'animerent de
telle forte, que fe faififfant des
bancs & des chaifes qui fe trouverent dans le Temple, elles l'é-
toufferent deffous comme des
Bacchantes infenfées, & lui firent
rendre les derniers foupirs aux
pieds de ces mêmes Autels où elle

avoit si bien & si long-temps sacrifié.

Tous les Auteurs ne s'accordent pas sur le genre de sa mort. Quelques-uns la font expirer d'une maniere conforme aux désordres de sa vie, quelques autres, comme Anacreon, par un grain de raisin qui l'étrangla : mais j'ai crû devoir suivre l'opinion la plus reçuë, puisque Plutarque & Athenée qui me la fournissent, sont mes garans. Le premier ajoûte qu'on nomma depuis ce Temple, Vénus homicide, & l'autre, celui de Vénus prophanée.

La même raison qui avoit animé les femmes anciennes contre Laïs, excita la jeunesse Thessalienne à la venger. On menaça hautement de punir une si horrible fureur. La peste qui survint peu de jours après cette sanglante Tragédie, fut regardée par ces peuples aveuglés, comme une punition visible du Ciel contre ses Auteurs. On résolut, pour expier le crime, d'élever un Temple fous le titre de Vénus expiatrice ; auffi-tôt cela fut exécuté. Le hafard voulut que la pefte ceffât, & ce fut une confirmation de leurs fuperftitieufes erreurs. Enfin le fort de Laïs devint glorieux après fa mort ; on lui bâtit un magnifique Tombeau fur les bords du Fleuve Penée, avec une Epitaphe remplie d'éloges & de traits d'efprit. Corinthe ne manqua point à fe fignaler en fa faveur par un Maufolée qui lui fut érigé dans le Fauxbourg nommé Cranion. Toute la Grece prit part à fa perte. Il fembloit que les amours fuffent enfevelis avec elle. C'eft ainfi que les vices triomphoient dans une Religion dont toutes les Divinités en avoient plus que de vertus, & que des peuples d'ailleurs fi éclairés, fe rendoient efclaves des malheureux préjugés de leur enfance.

LES

LES
BELLES GRECQUES.

LAMIA.

Leanor joüeur de flû-
tes & Citoyen d'Athe-
nes, fut pere de la fa-
meuſe Lamia. Il l'inſtrui-
ſit dans ſon art, auquel elle ſe trouva tant de diſpoſition, qu'elle devint en peu de tems une excellente Muſicienne, ſoit pour ſa maniere de chanter, ou ſon adreſſe à
toucher les inſtrumens. Sa beauté eut un tel éclat dès ſon enfance, & ſon eſprit tant d'agrémens
& tant de vivacité, que les plus
inſenſibles aux charmes de la mu-

fique, ne le furent pas au brillant de ſes yeux, ni à la douceur de ſa converſation ; les cœurs volerent au devant de ſes traits. On joignit les préſens aux ſoupirs, & comme elle étoit ambitieuſe & galante, elle ſe laiſſa perſuader que tout étoit permis pour éviter la pauvreté, & exerça publiquement le métier de Courtiſanne.

Ptolomée qui lié d'intereſts avec Caſſander, avoit ôté la liberté à une partie de la Grece, & ſur tout au pays d'Attique ; Ptolomée, dis-je, prit Lamia auprès de lui : mais ſoit qu'il n'eût pas d'inclination pour elle, ou qu'il eût de l'amour pour une autre, elle fut plus ſouvent admiſe à ſes feſtins comme muſicienne, que dans ſon cabinet comme maîtreſſe.

Lorſque Démetrius, ſurnommé Poliorcetes ou Preneur de Villes, conquit le Royaume de Cypre & défit la flotte de Ptolomée ; Lamia ſe trouva dans un des Vaiſſeaux qui se rendirent au vainqueur. Elle n'étoit plus dans cet âge qui éblouit ; Plutarque dit même qu'elle n'étoit plus jeune : mais sa beauté étoit infiniment touchante & son esprit avoit mille charmes. Démetrius n'avoit pas vingt ans ; il étoit beau & gracieux, son air étoit majestueux, galant & noble, & sa valeur admirée ou redoutée des plus grands Capitaines. De deux femmes qu'il avoit alors, l'une veuve de Crater, avoit une ame & une vertu digne de son rang ; l'autre du noble sang de Miltiade, étoit jeune, belle spirituelle : cependant par un de ces caprices, dont il faut demander compte au destin, Démetrius fut insensible pour elle ; & s'il avoit goûté de tous les plaisirs, son cœur ignoroit encore celui d'être véritablement touché.

Il est à propos de dire en cet endroit quelques mots de ce Prince, qui puissent en donner une juste idée, puisque c'est à lui que La-

O ij

mia doit tout fon éclat.

Démetrius étoit fils d'Antigonus, un des fucceffeurs d'Alexandre. Il avoit pour lui une tendreffe
plus convenable à un ami qu'à un
pere ; & ce pere trouvant mille
charmes dans la perfonne & dans
l'efprit de fon fils, donna peut-être
lieu par un peu trop de condef-
cendance au déréglement de
mœurs qu'on reprocha depuis à
ce Prince, d'ailleurs grand & re-
commandable par mille actions illuftres.

Jamais on n'aima tant les plaifirs qu'il les aima. Aucun ne pouvoit échaper à fa curiofité ou à fes
défirs; ceux de la table l'occupoient
fouvent plufieurs jours. Ce fut après
une de ces débauches qu'ayant fait
dire à Antigonus, qu'il étoit re-
tenu par un grand rhume ; ce tendre
dre pere courut l'embraffer dans
fon lit, & lui dit en riant, ce rhume, mon cher fils, eft-il de Tha-
fos ou de Chios? comme qui diroit

à présent est-il de Champagne ou
de Bourgogne ?

Une autre fois Antigonus donnoit audience à des Ambassadeurs :
Démetrius arrivant de la chasse ses
javelots tous sanglans à la main,
courut embrasser son pere & prendre place sur son Trône, sans s'embarrasser de troubler une si grave
cérémonie. Vous direz à votre
Maître, dit Antigonus aux Ambassadeurs en rendant les caresses
à Démetrius, que c'est ainsi que
nous vivons mon fils & moi.

Antigonus donna en mille autres occasions, des preuves de la
complaisance qu'il avoit pour un
fils si aimable , & Démetrius sûr
de plaire & d'être excusé, n'y donnoit lieu que trop souvent : mais il
faut dire à la gloire de ce Prince
que cette prodigieuse pente qu'il
avoit vers la volupté , ne le détour-
noit point de son devoir pendant
les travaux de la Guerre : il y étoit
un autre homme appliqué , sobre,

continent. Il égaloit alors les plus vaillans & les plus sages Capitaines.

Il fit aussi connoître la bonté de son cœur dans une action assez délicate. Entre tous ses amis qu'il admettoit à ses divertissemens, Mitridate occupoit la premiere place; il étoit de tous ses plaisirs, il avoit son entiere confidence, nul autre ne le balançoit dans son cœur. Un songe d'Antigonus vint troubler une si douce union, & lui rendit Mitridate si suspect, & si odieux, qu'il résolut de le faire mourir. Il en confia le dessein à Démetrius, sur le serment qu'il en exigea, de ne point trahir son secret : mais le Prince peu susceptible de ces foiblesses qu'un songe frivole inspire, n'eut garde de laisser perir son ami ; & pour ne point violer son serment, il se contenta d'écrire à terre avec la pointe d'un javelot, *Fuy Mitridate.* Cet ordre si précis & donné d'un maniere si singuliere, ne permit pas à Mitri-

date de s'informer du motif. Il se
sauva en Cappadoce, & fonda le
Royaume de Pont, & fut un des
Prédécesseurs de ce fameux Mitridate, qui balança quarante ans la
puissance des Romains.

Démetrius fit ses premieres Armes contre Ptolomée : Antigonus
lui confia cette importante expédi-
tion dans une très-grande jeunesse.
Il partit avec la joye d'un jeune
Prince ambitieux & brave; mais
la témérité n'est pas toûjours heureuse. Il avoit affaire à un vieux
Capitaine qui sçut profiter de ses
avantages, & qui le vainquit en bataille rangée : il est vrai que Ptolomée usa bien de sa victoire. Charmé de la valeur de Démetrius, il
lui renvoya les prisonniers & le
bagage, avec des paroles pleines
de civilité; action qui toucha de
telle sorte Démetrius qu'il jura
dès lors de la reconnoître.

La voye qu'il prit pour y parvenir, fut de demander de nouvel-

les troupes à son pere ; & celui-ci plus ravi du courage de son fils, qu'affligé de sa défaite, ne refusa point de lui fournir le renfort qu'il souhaitoit ; aussi ne fut-il point déçû. La fortune favorisa si bien les glorieux projets de Démetrius, qu'il remporta non-seulement une victoire complette, mais qu'il fit encore des prises assez considérables, pour rendre avec usure à Ptolomée ce que ce Roi avoit fait en sa faveur.

Peu de temps après Antigonus & son fils entreprirent de délivrer la Grece, qui gémissoit sous l'oppression de Ptolomée & de Cassander. Ils firent équiper une flotte qui n'avoit point encore eu sa pareille. Démetrius fut l'ordonnateur de la construction des Vaisseaux. Cette fameuse Galere à seize rangs de rames fut en partie faite de ses mains, & c'est pour cela que Plutarque dit, parlant de ce Prince : Le plus artiste de ceux qui ont regné, que

ses

ſes ouvrages avoient une majeſté qui ſentoit le Roi.

Les Atheniens abbatus par leur malheur, fremirent en voyant de leur Port la Mer couverte de Vaiſſeaux : mais ayant ſçû le deſſein de Démetrius, le Pirée retentit de cris de joye ; les noms de ſauveur, de liberateur, de Roi, de protecteur des malheureux, furent prodigués à notre Héros. On lui décerna des honneurs que jamais mortel n'avoit reçus dans la ſuperbe Athenes. Non content de l'avoir initié aux plus ſecrets myſteres de leurs Dieux, ils lui rendirent le même culte qu'à Bacchus.

Démetrius rendit en peu de tems la liberté au pays Attique, & remplit dignement les grandes eſpérances de ce Peuple. La beauté, la jeuneſſe de ce vainqueur, ſa clémence, ſon eſprit, ſa valeur brillante, tout lui aſſujettit les volontés & les cœurs des Atheniens & le lierent à lui par des chaînes qui

P

devoient être indissolubles.

Après avoir bien affermi sa victoire & rétabli la démocratie dans
Athenes, Démetrius toujours avide
de gloire & de réputation, se rem-
barqua pour aller encore combattre Ptolomée; & sa valeur fut si
bien secondée de la fortune, qu'il
conquit le Royaume de Cypre. Il
fit seize mille prisonniers & prit des
vaisseaux chargés de richesses infinies. Un avantage si complet fut
couronné par sa clémence. Il renvoya ces prisonniers sans rançon,
distribua le butin à son armée, & se
fit admirer de ses plus grands
ennemis.

Aristodemus, grand Capitaine
qui avoit été témoin de tant de
merveilles, en alla porter la nouvelle à Antigonus; & pour ajoûter
à des actions si éclatantes le charme de la surprise, il affecta un air
grave & sérieux en abordant à la
Ville où étoit ce Prince. Ce ra-
finement de zéle pensa être funes-

te à Antigonus. Ses Sujets effrayés firent passer jusqu'à lui la consternation qui paroissoit sur le visage d'Aristodemus. Il en frémit de crainte, & faillit à mourir de joye, lorsque s'entendant nommer Roi par ce Capitaine, il apprit de sa bouche les nouveaux exploits & la magnanimité de son fils.

On passe legerement sur des faits que Plutarque a rapportés avec une éloquence si pleine de grace, qu'il y auroit même de la témerité à les repeter, s'il n'étoit besoin de donner quelqu'ordre à ce discours.

On a déja dit que Lamia se trouva dans les vaisseaux de Ptolomée, qui tomberent entre les mains de Démetrius, & que cette captive donna des chaînes à son vainqueur. Elle fut toutefois d'abord confonduë dans la foule des autres femme, & le Prince n'avoit pas encore jetté ses regards sur elle, lorsque donnant un superbe festin, on l'introduisit dans la salle comme la

meilleure Muſicienne & la plus
excellente baladine de ſon
tems.

Lamia danſa avec tant de le-
gereté & de juſteſſe, ſa voix parut ſi touchante & les accords de
ſa lyre ſi merveilleux, que tous les
courtiſans lui prodiguerent les
louanges qu'elle méritoit. Les
Maîtreſſes de Démetrius, qui
étoient ſans contredit les plus
belles femmes de la Grece, ayant
voulu paroître avec éclat dans une
fête, qu'il avoit ordonnée pour
elles, avoient joint le brillant des
pierreries & la ſomptuoſité des habits à leurs charmes naturels : mais
malgré la confiance que donne la
beauté, il parut du dépit dans
leurs yeux, des applaudiſſemens
que reçut Lamia, & elles s'en
vengerent en lui refuſant les leurs.

Démetrius attentif à conſiderer
Lamia, ſentit élever un trouble
dans ſon cœur qui lui étoit inconnu, & qui lui fit garder quelque

tems le silence ; mais à la fin n'étant
plus maître de ces mouvemens qui
lui paroissoient si doux, il s'écria:
O Lamia ! sont-ce les Graces qui
vous ont formées ? Quelle fatalité
contraire à mes plaisirs, vous a
jusqu'ici dérobée à mes regards?
Venez vous placer près de moi,
charmante Lamia, & prenez part
à une fête qui n'auroit rien eu d'aimable sans vous. A ces mots Démetrius la fit venir près de lui, & en
lui donnant de ces louanges délica-
tes dont les femmes font leurs délices & nourrissent leur vanité, il
lui servit de sa main les mets & les
vins les plus exquis. Damo la plus
jeune & la plus aimée des maîtresses
de ce Prince ne put soutenir une préférence qui blessoit son orgüeil.
Seigneur, lui dit-elle, en le regardant d'un air amer & ironique,
souvenez-vous que la nouveauté
& la jeunesse sont deux choses fort
differentes. Cela peut être, reprit
Démetrius, qui sentit la malice de

ce difcours ; mais rien ne manque
à ce qui plaît. Ah Seigneur ! repliqua Damo, ne faut-il que de l'art
& de l'experience pour arriver à
votre cœur. Il faut de l'efprit,
reprit brufquement Démetrius ; il
faut des graces, il faut enfin ce que
poffede Lamia pour exciter en moi
ce trouble plein de charmes que
jamais perfonne ne m'avoit fait fentir. La fiere Damo ne put arrêter
quelques larmes que le dépit lui
arracha quand elle entendit parler
ainfi Démetrius ; mais tout occupé de l'aimable Lamia, ou il n'y
prit pas garde, ou il ne daigna pas
lesarrêter. Les jeunesperfonnesfont
fouvent fonner trop haut un mérite qui diminuë tous les jours, &
dont il ne refte que le regret de
ne le plus poffeder. Si Lamia avoit
quelques années de plus que Damo,
elle avoit en récompenfe des charmes plus durables, & dont les effets
font plus certains : cependant fe
voyant un fi bon défenfeur, elle

ne se mêla point à cette conversation ; mais ses regards dont elle
sçavoit ménager tous les mouvemens, rendirent mille graces à
Démetrius, de la préference qu'il
lui donnoit.

Après cela Damo n'osant plus
parler, Lamia comblée de gloire
d'une si illustre conquête, dit mille
choses spirituelles qui acheverent
son triomphe ; & la joye ajouta de
telle sorte à la vivacité naturelle
de son esprit & à celle de ses yeux,
qu'elle rendit à toute sa personne
cet air de jeunesse qui commençoit à lui manquer. La jalousie
de Damo augmentoit à tous les momens. Ces sortes de Festins durant
d'ordinaire bien avant dans la nuit,
elle ne put soutenir jusqu'à la fin la
vûë de sa rivale & de son infortune;
& sortant outrée de douleur, elle
laissa Lamia maîtresse du champ de
bataille. Les autres Maîtresses de
Démetrius dès long-tems irritées
contre Damo qui faisoit trop de

bruit de ce qu'elle croyoit valoir, ne furent point fâchées de cette mortification, dans l'espérance que le nouveau Régne seroit court; mais leur jugement ne fut pas juste.

La passion de Démetrius prit de si profondes racines dès son commencement, que la spirituelle Lamia ne s'y méprenant pas, elle ne lui laissa guéres pousser de soûpirs inutiles. Presque aussi-tôt favorisé qu'amoureux, il eut besoin de trouver dans l'esprit & dans la vivacité de cette femme dequoi se dédommager de ce que la résistance a de piquant & d'agréable. Il est vrai que son entretien ayant mille charmes, & sa personne des agrémens infinis, soutenus de ces manieres engageantes, & de cette imagination vive, légere & enjoüée qui ne laisse jamais languir la conversation, Démetrius prit une passion si durable pour elle, que Plutarque dit en propres termes : Démetrius, adoré de toutes les femmes, n'adora jamais que la seule Lamia.

Ce Héros couvert de gloire par mille fameux exploits, plus touché de la conquête de Lamia, que de celle du Royaume de Cypre, parut plus grand & plus aimable, depuis que son cœur fut sensible : car qui ne sçait que l'amour joint je ne sçai quelle douceur aux graces naturelles, qui les fait briller davantage ?

Les Atheniens ingénieux dans leurs flateries, en inventoient tous les jours de nouvelles, en faveur de leur Libérateur. Ils firent peindre son Image avec celle de Jupiter, sur la baniere qu'on portoit au Fêtes solemnelles; & pour s'assûrer de plus en plus sa protection, ils changerent le nom du mois de Janvier en celui de Démetrien, & logerent ce Prince dans le propre Temple de Minerve, comme étant le plus superbe Edifice de cette grande Ville.

Démetrius ayant une imagina-

tion vive & emportée fur les plaifirs, profita du repos qu'il s'étoit acquis par fes victoires. Le Temple
de la chafte Déeffe fut le Théatre
de fes voluptés. Il en gouta de toutes les efpeces que le déreglement
a inventé : fa paffion pour Lamia
ne put l'empêcher de s'abandonner
à des débauches qui faifoient
murmurer les fages, & qui auto-
rifoient les vicieux. Peu de belles
perfonnes lui échaperent & peu
de gens ont pouffé les emportemens de la table auffi loin que
lui ; mais il ne borna pas là fes déré-
glemens, & l'Hiftoire, toute ma-
jeftueufe qu'elle eft, en fait une
peinture terrible qu'on n'oferoit
copier ici.

Il eft à croire que Lamia n'étoit
pas infenfible à tant d'infidélité ;
mais elle avoit un efprit fouple qui
l'en faifoit plaindre fi doucement,
que fans déroger aux droits de la
délicateffe, elle ne fatigua jamais
Démetrius de ces jaloufies & de

ces fureurs, qui rebutent les amans plutôt qu'elles ne les rappellent : aussi lui revint-il toujours avec tout l'empressement & toute la soumis-mission que donne le tort à un cœur qui se repent.

Un jour que Démetrius avoit célébré une orgie avec ses amis & ses maîtresses, Lamia prit une Lyre & en tira des sons, qui accompagnés de sa voix divine, rendoient croyables toutes les merveilles qu'on attribue à Orphée & à Amphion ; puis joüant de la flûte avec une tendresse qui alloit au cœur, Demetrius tout éperdu d'amour & d'admiration, & oubliant la jalousie de Damo, lui demanda ce qui lui sembloit d'une femme si aimable : Je pense, reprit fierement Damo, que c'est une joüeuse de flûte. Il est vrai, repliqua Démetrius, qu'elle joüe de la flûte ; mais ce n'est qu'un mérite de plus en elle, & tout ce qu'elle fait a un charme inexplicable, qui retient pour jamais les Esclaves qui ont une fois porté ses fers. Cela fait voir la bisarrerie des hommes, repliqua Damo, & la fatalité de l'étoile. Damo a raison, interrompit Lamia, je suis moins jeune & moins belle qu'elle ; mais vous m'aimez, Seigneur, ajoûta-t elle, en s'adressant à Démetrius & en lui jettant un regard plein d'amour, vous m'aimez, me préserve le Ciel d'envier des charmes qui n'ont pû parvenir à ce haut degré de gloire où votre bonté m'a fait arriver. Cette réponse plut infiniment à Démetrius, & déconcerta de sorte Damo, que toute sa présomption ne put lui fournir de replique.

Les autres Maîtresses du Prince se rallierent avec Damo auparavant leur plus redoutable concurrente ; mais elles n'y gagnerent que des conferences qui ne produisirent rien, des projets de vengeance qui s'en alloient en fumée,

& une rage qu'elles nourriſſoient d'autant plus, que chacune d'elles inſpiroit ſa ſorte de jalouſie aux autres. Damo toutefois trouva un moyen de jetter des ſoupçons contre Lamia dans l'ame de Démetrius, & voici comme la choſe arriva.

Ce Prince, obligé de partir pour une expedition guerriere, fit les plus tendres adieux du monde à Lamia, & la comblant de préſens, l'aſſûra d'un prompt retour : Partagez la douleur que me cauſe notre ſéparation, ma chere Lamia, lui dit-il; mais conſolez-vous par l'eſperance de me revoir plus amoureux que jamais; goûtez en attendant les innocens plaiſirs de la muſique; j'ai ordonné a Théodore de vous voir ſouvent.

Ce Théodore étoit un jeune Athenien, beau comme le jour, d'une humeur agréable, & qui joüoit de la Lire comme Orphée; il ſentoit un penchant extrême pour Lamia, & réſolut de ne point

obéir à un ordre si dangereux : le
respect qu'il avoit pour Démetrius,
lui fit éviter les occasions de devenir son rival, il lui falloit tous les
efforts de sa raison pour fuir un pié-
ge si doux. Il eut plusieurs fois à
soutenir les sollicitations que Lamia lui fit faire de l'aller visiter;
c'est ce qui a fait dire à plusieurs
Historiens, que Théodore n'avoit
pas répondu aux avances de Lamia ; mais il étoit bien loin de la
froideur qu'on lui attribuë, & cette femme avoit trop d'interêt à ménager Démetrius, pour être soup-
çonnée d'une conduite qui l'auroit
pû perdre auprès de lui.

Elle partageoit ses journées pendant l'absence de son amant, entre les soins de l'éducation d'une
petite fille qu'elle en avoit euë, &
ceux de cultiver les avantages
qu'elle avoit reçus de la nature, &
que l'art avoit si bien perfectionnés.
Quelquefois elle alloit se promener dans des lieux solitaires; elle y

rencontra un jour Théodore, à qui elle fit la guerre de n'avoir pas obéï au commandement de Démetrius. Le jeune homme s'excusa d'un air embarraffé, & n'étant plus maître des mouvemens rapides qui l'entraînoient vers elle, il l'alla voir dès le lendemain, & y retourna enfuite tous les jours.

Ils chantoient & joüoient de la Lyre enfemble; fouvent furpris de leur fcience mutuelle, Théodore laiffoit échaper des loüanges qui fentoient plus l'amour que l'admiration ordinaire ; & Lamia, toute occupée de la grandeur qui l'environnoit, ne faifoit pas l'honneur à Théodore de garder des mefures dans fes applaudiffemens, ni de prendre garde aux affiduités de ce jeune homme. Lui, de fa part, fe laiffant féduire par les apparences, fentit infenfiblement pénétrer tout fon cœur par cet aimable poifon qui s'infinuë d'une maniere fi flatteufe, & que l'efpérance rend fouvent funefte.

Au commencement Théodore goûtoit des raviſſemens incroyables. Voir Lamia ſuffiſoit à ſa félicité ; mais quand ſa paſſion eut pris de nouvelles forces, il enviſagea mille autres choſes à déſirer, où il lui parut difficile de parvenir : cependant tranſporté d'amour, il chantoit les loüanges de Lamia dans tous les lieux où ſes inquiétudes le conduiſoient. Quelquefois ſur les bords de la mer, il faiſoit retentir les échos du nom de celle qu'il adoroit : d'autrefois s'oubliant en préſence des maîtreſſes de Démetrius, il parloit de Lamia comme d'une Divinité. La jeune Damo ſentant à ce nom réveiller ſes jalouſies, penſa avoir trouvé le ſecret d'opprimer ſa rivale. Elle fortifia Théodore dans ſon amour, & augmenta ſon eſpoir. Il étoit jeune, un peu emporté ; le ſouvenir du premier état de Lamia, que Damo ne lui laiſſa pas oublier ; les conſeils empoiſonnés qu'elle lui

donna

donna, & plus que tout cela, l'a-
mour qui eſt le plus dangereux de
tous les ſéducteurs, lui fit prendre aſſez de hardieſſe pour le ré-
ſoudre à ſe déclarer.

Il partit en effet à ce deſſein ;
mais la vûë de l'objet aimé impoſe
du reſpect ; les paroles lui mouru-
rent dans la bouche, ſa témérité
s'évanoüit ; loin de chercher à s'exprimer, il ne ſongea qu'à ſe taire.
Ce fut tout ſon ſoin pendant quelque tems ; mais ce reſpect n'a
qu'une certaine meſure, il faut
qu'il céde enfin à la même paſſion
qu'il l'a fait naître.

Lamia venant un jour de recevoir des nouvelles de Démetrius,
avoit l'eſprit dans une aſſiette tendre & languiſſante ; ſes yeux ſe porterent ſans y penſer, avec tant de
douceur ſur Théodore, que malgré le vif déſeſpoir qu'il eut de devoir à ſon rival une diſpoſition qui
lui parut ſi favorable, il réſolut
d'en profiter ; mais l'image de ce

Q

rival, sa puiffance, sa grandeur
frapant son imagination tout à
coup, il garda quelque tems un
profond filence, puis prenant une
Lyre qui étoit fur le pied d'un lit
où Lamia fe repofoit, il chanta
les paroles qui fuivent, fur l'air du
monde le plus paffionné.

Je brûle d'une ardeur que rien ne peut éteindre;
       Charmante Lamia, je meurs !
   Pour le cacher j'ai voulu me contraindre ;
     Mais il m'en coûte trop à feindre ;
    Voyez mes yeux baignez de pleurs.
Duffiez-vous m'accabler de toutes vos riguêurs ;
Je brûle d'une ardeur que rien ne peut éteindre
    Charmante Lamia, je meurs !

Lamia écouta tranquillement
une déclaration que les regards de
Théodore ne confirmoient que
trop. D'où vient, lui dit-elle, avec
un fang froid, tout propre à défefpé-
rer, que vous avez mis le nom de
Lamia dans ces paroles ? C'eft reprit le paffionné Théodore, en
fe jettant à fes pieds, c'eft parce que

je vous adore. Théodore, répondit
Lamia, je vous pardonne un jeu
que vous faites sans doute pour répondre à l'idée qu'eut Démetrius,
en vous ordonnant de me divertir
en son absence ; mais.... Ah ! interrompit-il, je n'avois pas oublié
son bonheur & mon infortune,
hélas ! avec quel mépris recevez-
vous l'aveu de mon audace! Les interêts de ce Démetrius qui fait tous
mes maux, ne peuvent même vous
causer la moindre alteration ; je me
vois également incapable de vous
plaire & de vous offenser , & le
malheureux Théodore n'est pas digne de rendre Démetrius jaloux.

Ce transport ne déplut peut-être
point à Lamia ; il est peu de femmes qui s'offensent d'être aimées,
& surtout une courtisanne ne prend
pas ces choses-là à la rigueur ; mais
celle-ci avoit sa fortune à ménager,
& un amant couronné & aimable
à satisfaire, sa réponse fut sage &
modérée : elle y mêla tant de di-

gnité, que Théodore confus, la regarda dans ce moment, comme il auroit pû faire une des Reines, femme de Démetrius; & mourant de douleur & de honte, il courut reprocher à Damo les funestes conseils qu'elle lui avoit donnés; mais cette femme vindicative, ne voulant pas perdre le fruit de ses artifices, trouva moyen de faire sçavoir l'amour de Théodore à Démetrius, & de supposer la reconnoissance de Lamia.

Une célébre victoire que Démetrius venoit de remporter dans le Peloponese, ne put adoucir l'affliction piquante que lui causa cette malicieuse nouvelle. L'idée de Lamia infidéle, lui rendoit la vie insupportable, & toutes les adorations dont les Atheniens honoroient son retour, ne purent dissiper l'âpreté de sa jalousie; il ne put cependant se refuser le plaisir d'aller confondre celle qu'il accusoit. Il la trouva dans les premiers transports de joye que lui caufoient fa nouvelle gloire & fon retour ; mais que devint-elle quand elle entendit les reproches de perfidie dont il l'accabla, & dont elle n'étoit point coupable ? Vous m'accufez, mon cher Prince, lui dit-elle, & vous m'accufez d'un choix auffi bas, quand je poffède votre cœur ? Quand je vous adore, quand.... Ah, Lamia, Lamia ! interrompit Démetrius, je ne veux point vous entendre : je connois ma foibleffe & le pouvoir que vous avez fur moi. Méritois-je d'être trahi ? Mais, Seigneur, reprit-elle. Non, encore une fois, dit le Prince affligé, je ne veux point vous écouter, c'eft Théodore, c'eft l'indigne rival que vous me préferez que je veux voir, que je veux confondre. Qu'on m'aille chercher Théodore, ajouta-t-il en levant les yeux au Ciel, & qu'on ne me donne pas le tems d'amoindrir ma fureur par les paroles & par les regards de Lamia.

On lui amena en effet Théodore bientôt après. Démetrius commença par lui faire mille menaces,
s'il ne lui déclaroit la vérité. Il ne
faut point de violence, dit-il alors,
pour me faire avoüer mon crime &
mon infortune. Vous voyez, Seigneur, un miserable que l'amour a
rendu votre rival ; c'est vous qui
m'avez précipité dans l'abîme où
je suis. Vous m'ordonnâtes de voir
Lamia, je ne vous ai que trop obéi,
je l'ai vûë, & je l'ai adorée. Damo
m'a fait espérer d'être aimé ; le triste succès de tant d'amour, devroit
suffire à en expier la faute ; mais
quelques supplices que vous imagi-
niez, vous ne pouvez m'en faire
souffrir d'aussi cruels que ceux où
ma passion m'expose tous les
jours.

Démetrius écoutoit avidement
un discours qui en justifiant Lamia,
remettoit le calme dans son cœur ;
& comme il étoit porté à la cle-
mence, il ne voulut pas punir une

audace qu'il ne pouvoit condam-
ner. Va, malheureux Théodore ,
lui dit-il, va, tu ne peux en effet
endurer des tourmens qui égalent
celui d'aimer Lamia & de n'en être
point aimé ; mais pour punir ta témérité d'avoir levé les yeux sur elle, je t'ordonne d'être souvent témoin de nos entretiens.

A ces mots Démétrius appro-
chant sa joüe de celle de Lamia ,
recüeillit amoureusement les larmes qui couloient en abondance de
ses yeux , & lui demanda de si tendres pardons de l'avoir soupçon-
née, que Theodore achevant de perdre patience , fit un cris douloureux à ce spectacle , & courant
avec précipitation vers la porte ,
dit à Démétrius : Roi barbare, il
n'y a point de bourreaux si cruels
que toi. L'excès de cette passion
trouva de la pitié dans l'ame de Démetrius ; il fit délivrer une somme
considérable à Théodore , & lui
permit d'aller chercher du repos

dans une Terre étrangere, où le nom de Lamia fût même inconnu. Pour Damo, ce Prince n'en tira d'autre vengeance que celle de lui préferer toujours sa rivale.

Il arriva en ce tems-là un incident d'amour, dont le sévere Aréopage prit connoissance. Un jeune Citoyen devint passionné d'une belle courtisanne qui crut ne pouvoir mettre ses faveurs à trop haut prix, pour un homme éperdu d'amour ; mais malheureusement la fortune de cet amant, ne suffisoit pas à les payer ; il n'étoit pourtant occupé que des moyens de composer la somme qu'elle lui avoit demadée ; héritages, meubles, tout étoit en vente, & rien ne se vendoit assez pour parvenir au but de ses desirs. Il commençoit à en désespérer lorsqu'un songe favorable le rendit possesseur de son intéressée Maîtresse, & le guérit de son amour.

Son avanture lui parut plaisante,

il

il la conta à ses amis; ceux-ci la rendirent à la Courtisane. Cette femme presenta sa plainte pour demander le salaire de ses faveurs. Les Aréopagites informés de la gravité de la cause, opinerent majestueusement que le jeune homme feroit entendre à la Courtisane le son de l'argent qu'elle lui avoit demandé, & cela fut executé exactement.

Un Arrêt si juridique ne fut pas approuvé de Lamia; elle y trouva une grande lésion pour la Courtisane; car, disoit-elle, le jeune homme est content, puisqu'il ne demande plus rien; mais cette femme n'ayant eu qu'un son pour tout dédommagement, en sentit augmenter ses desirs, sans les pouvoir satisfaire.

Démetrius prenoit plaisir au tour libre & badin de l'esprit de Lamia, & il ordonna qu'on remît à son jugement les causes de cette espece. Son amour prenoit chaque jour de nouvelles forces. On le voyoit souvent la Couronne sur

R.

la tête, le manteau Royal fur les
épaules, entrer chez fon heureufe
maîtreffe, & la mener ainfi pom-
peufement aux divers fpectacles
qu'il donnoit au peuple, ou que le
peuple lui donnoit : les plaifirs fe
fuccedoient les uns aux autres, le
Théatre étoit tous les jours occupé par la repréfentation de ces
merveilleufes pieces d'Euripide,
de Sophocle, & de tant de fameux
Poëtes tragiques qui font encore
aujourd'hui notre admiration, &
que nos plus illuftres Ecrivains tâ-
chent d'imiter ou de traduire.

Lamia en connoiffoit toutes les
beautés ; fon approbation étoit recherchée avec foin, & fa gloire
étoit montée à un tel degré, que
les Atheniens lui éleverent un
Temple dans leur Ville, où l'encens fumoit plus fouvent que fur
les Autels de leurs Divinités. Démetrius goûtoit un plaifir fenfible
des honneurs que l'on rendoit à fa
maîtreffe ; mais pour y joindre

quelque chose de plus solide, il obligea le peuple à lui donner deux cens cinquante talens pour satisfaire à ses excessives dépenses. Cette somme leur parut si considerable, qu'ils en murmurerent en secret; & portés comme ils étoient à chercher du merveilleux à tout, ils allerent se figurer que le nom de Lamia signifiant une Fée, elle étoit Fée effectivement. Les plus fins ne donnoient pas dans cette absurdité; mais tous ayant été témoins des legeretés de Démetrius, regardoient avec étonnement l'attachement prodigieux & le respect infini qu'il avoit pour une femme dont la conduite précedente n'avoit pas mérité de tels sentimens.

Démetrius ayant envoyé des Ambassadeurs à Lysimacus, ce Roi leur fit voir les cicatrices des blessures qu'il avoit reçuës dans ce fameux combat qu'Alexandre le contraignit de faire contre un Lion. Les Ambassadeurs lui dirent en

R ij

riant que leur Maître faisoit gloire
de porter à son col les marques
des morsures d'une plus dangereuse
bête nommée, Lamia.

Malgré les traits de satyres que
l'histoire lance à Démetrius sur son
attachement pour Lamia, les Au-
tours s'accordent à convenir que
cette femme avoit mille graces.
Son esprit étoit fin, délicat & solide; sa personne avoit encore de
puissans appas, & le charme de sa
conversation faisoit oublier ce qui
lui manquoit de cette fleur brillante que la jeunesse donne, & que si
peu de chose ternit.

Toujours comblée de presens
& de richesses, elle les recevoit d'un
air noble & désintéressé, qui per-
suadoit à Démetrius que sa main
seule y mettoit le prix. Elle répandoit avec profusion l'or qui lui
étoit prodigué; sa politique lui en
fit employer une partie à construire
un superbe portique à Scyone; &
cette liberalité lui attira beaucoup

de loüanges des Grecs, grands
amateurs des monumens publics.

Lamia dont l'esprit étoit aussi ingénieux que son humeur étoit magnifique, donna un festin célébre à
Démetrius, pour lequel elle exigea des contributions d'Athenes.
Tout ce que l'imagination peut
inventer, tout ce que la volupté
& la molesse peuvent desirer, tout
cela se rencontra dans ce repas,
dont l'ordre, l'abondance & les
plaisirsfurent variés avec tant d'art,
qu'un Auteur de ce tems-là compo-
sa un livre qui ne contenoit que ce
qui s'y étoit passé.

Démetrius cependant ne négli-
geoit aucune occasion de cüeillir
de nouveaux lauriers. Jamais destinée ne fut si diverse que la sienne ;
tantôt au comble de la fortune,
tantôt dans un abîme de malheur.
Il assujettissoit des Royaumes que
le sort des armes lui enlevoit
bientôt après : il remportoit de
grandes victoires sur ses ennemis,

& en étoit quelquefois vaincu à son tour ; mais toujours ferme à soutenir tant d'évenemens, ingenieux à chercher des ressources, heureux à n'en jamais manquer ; son courage, son pere, ses amis, tout le servoit au besoin. Vainqueur de la Thessalie & de la Macedoine, il se vit enlever ces deux Provinces sans en paroître moins grand. Il prit plusieurs fois Thebes, & plusieurs fois elle lui fut reprise. Une destinée si orageuse ne put jamais l'abattre ni le distraire de l'amour qu'il avoit pour Lamia, & cette femme lui sembloit nécessaire dans tous les états de sa vie. C'étoit sa consolation dans ses traverses, & une augmentation considerable à sa joye quand ses succès étoient heureux. Le Temple que les Thebains avoient consacré à cette heureuse Maîtresse sous le nom de Vénus Lamia, subsista au milieu des fureurs de la guerre, & apprit à la posterité à

quel excès l'adulation des hommes
a pû se porter.

Démetrius reçut un jour un Am-
baſſadeur de Lacedemone, qui
n'avoit ni collegue ni ſuite. D'où
vient, lui dit le Prince, que le Roi
votre maître vous envoye ſeul? Le
Lacedemonien répondit, *à un ſeul*,
voulant dire en ſon ſtile Laconi-
que, qu'il ne falloit qu'un homme
pour un homme. Cette réponſe
lui ayant plû, il la rendit à Lamia
qui la trouva digne d'un Lacedemonien; mais, mon cher Démetrius, lui dit-elle en ſe reprenant, il
a donc appris que nous ne ſommes
qu'un vous & moi. Je ne ſçais, repliqua-t-il, enchanté de ce petit
trait; mais je ſçais bien que je ne
veux jamais me ſéparer de vous.

En effet, ce Roi partant pour
une guerre que lui faiſoient tous
les ſucceſſeurs d'Alexandre, enmena ſa Maîtreſſe & n'en fut pas
moins formidable contre les Princes liguès; mais le ſort des armes eſt
R iiij

journalier, il fallut ceder aux nombre. Démetrius, selon sa coutume, en fut irrité contre la fortune sans en être abattu ; mille moyens de se venger se presenterent à son imagination, & faisant prendre à ses vaisseaux la route d'Ephese, il alla s'y rafraîchir quelques jours. Les habitans informés de sa défaite & du peu d'argent qui lui restoit, craignirent d'abord pour les richesses du Temple de Diane ; mais Démetrius donna de si bons ordres,& ils furent si bien observés, que la sûreté publique ne fut point attaquée.

Peu de tems après il fit voile vers Athenes avec une entiere confiance en l'amitié de ces peuples, & sansdoute leur liberateur la pouvoit avoir ; mais ces ingrats lui envoyerent des Ambassadeurs au Isles Ciclades, pour le supplier de ne point entreprendre d'aborder chez eux, & pour lui dire qu'ils avoient juré de défendre à tous les Rois l'entrée de leur Port. Un procédé si in-

digne & fi peu attendu, excita la
colere de notre Heros, dont le malheur augmentoit la fierté, mais
fe trouvant pour lors dans la nécef-
fité de diffimuler, il remit à une
autre faifon la vengeance de cette
injure, & chercha dans l'entretien
de Lamia une confolation qu'elle
feule pouvoit lui donner.

Il fit cependant voguer vers le
Peloponefe, fongeant aux moyens
de rélever fa fortune ébranlée. Un
jour qu'affis aux pieds de Lamia,
elle tenoit fa tête fur fes genoux,
il lui dit : Ma chere Lamia, le deftin fe laffe de me favorifer, j'avois
foumis des Empires, il me les arra-
che. J'ai vaincu plufieurs fois ceux
qui viennent de me vaincre, mais je
fuis en état de me relever encore;
Antigonus me fournira des troupes & de l'argent. Je vengerai l'outrage que j'ai reçu des Atheniens, &
ce qui m'eft bien plus doux, je vois
ma charmante Lamia, je l'adore,
je la poffede, & je me flatte d'en

être aimé. Il faudroit, reprit-elle ,
inventer de nouveaux termes pour
exprimer ce que ce je fens pour
vous. Aimer, adorer, brûler, languir, ne font point comprendre
l'ardeur que j'ai pour mon cher
Démetrius, ce Démetrius toujours
plus grand que fa fortune , à quelque degré que fes vertus la puiffent
faire monter , & dont l'adverfité
n'a rien que de noble & de magnanime. Quel bonheur fut le mien
quand il me rendit fon efclave!
Ah, cher Prince, que je fçai bien
goûter l'excès de ma félicité! vous
pourriez fans douté trouver des
femmes plus aimables que moi ;
mais vous ne trouverez jamais de
cœur fi fenfible que le mien. Où
les trouverois-je ces femmes plus
aimables que vous , interrompit
Démetrius? Puifque les plus pré-
cieufes faveurs des beautés les plus
vantées, n'ont pû me donner d'a-
mour, & que je me fuis rendu à vos
premiers regards.

A ces mots Lamia rendit mille
graces à Démetrius d'une preferen-
ce qui combloit ses desirs ; mais
ajoûta-t-elle, Seigneur, ne m'ap-
prendrez-vous point vos avantures
amoureuses. La Renommée a pris
le soin de publier vos grandes actions ; je les ai toutes gravées dans
ma mémoire : ce sont maintenant
vos secrets que je voudrois sçavoir.
Je ne puis rien vous refuser, reprit-
il, & sans vous particulariser tous
les égaremens de ma jeunesse, je
vais vous endonner une légere idée.
Pardonnez-les moi, ma chere Lamia, si je vous avois plutôt connu,
je n'aurois rien à me reprocher.

Je me défendrois en vain d'être
né voluptueux, ma jeunesse n'est
qu'un tissu de plaisirs. Antigonus
mon pere, dont l'amitié n'a point
de bornes pour moi, ne m'a point
empêché de m'y plonger, & malgré sa sagesse & son âge, il s'est
souvent diverti des mêmes choses
dont un autre pere auroit fait de

fortes réprimandes à son fils. Je ne puis passer sous silence un trait qui vous peindra mieux sa bonté que tout ce que je vous en pourrois dire : Je m'étois enfermé dans mon appartement pour passer quelques jours dans une entiere liberté, je fis dire à Antigonus qu'une fiévre violente me retenoit dans mon lit : allarmé de cette nouvelle, il courut pour me visiter ; mais ayant rencontré près de ma chambre une personne dont la jeunesse & la beauté lui furent suspectes, il s'approcha de moi en riant & me dit : Mon fils, tu te portes bien maintenant, car je viens de voir sortir ta fiévre.

Cependant quoiqu'Antigonus ne voulût pas me contraindre, il me fit épouser Phila pour tâcher à me retirer de cette sorte de vie ; mais je respectai sa vertu sans aimer sa personne ; l'austerité de ses mœurs ne s'accorde pas avec le tendre badinage de l'amour. J'esfayai donc de trouver ces charmes que je n'ai jamais rencontré qu'en vous, & quoique ce fût toujours en vain, je ne laiffai échaper aucune occafion.

Lorfque j'eus rendu la liberté à cette même Athenes qui vient de me refufer un afile, Cratefipolis veuve de Poliperchon, me fit fçaˌ voir qu'elle défiroit me connoître; la réputation de beauté qu'avoit cette Dame, me fit courir avec empreffement au lieu du rendez-vous. Ce fut une entreprife de jeune homme, tout étoit plein d'ennemis fur les chemins, & je ne menai que les gens néceffaires pour me fervir. Je la trouvai près de Patras, fous un pavillon magnifique qu'elle avoit fait dreffer dans un agréable vallon; nous y paffâmes plufieurs jours enfemble. Elle étoit belle, le féjour étoit délicieux, les parfums, la bonne chere, la mufique, rien ne manquoit pour la volupté; mais rien n'y fatisfaifoit mon cœur. Elle ré-

pandit des larmes à mon départ, &
je la quittai sans regret; mais j'eus
bien de la peine à me sauver des
Troupes ennemies, qui avoient eû
avis d'un voyage que j'avois entre-
pris comme un étourdi. J'étois
étonné moi-même du peu d'effet
que Cratesipolis avoit fait dans
mon ame; & peu après mon retour
j'épousai Euridice, issuë du sang de
Miltiade, si précieux aux Atheniens. Ils crurent que c'étoit pour
m'attacher à eux par de plus fortes
chaînes; mais c'étoit en effet pour
goûter de nouveaux délices dans
la possession d'une belle femme;
mes sens en furent satisfaits & la liberté me demeura. Il vous étoit
réservé de me la faire perdre, divine Lamia; je ne pouvois trouver
qu'en vous cet agrément inexpli-
quable qui brille dans toutes ses
actions, cet esprit qui a toûjours de
nouvelles ressources, cette délicatesse qui n'a rien de fade. Aimons-
nous, donnons-nous-en chaque

jour mille marques; tâchons à re-
gagner le tems que nous avons été
sans nous aimer, & ne m'en faites
plus perdre à vous conter des ba-
gatelles qui me rendent criminel
auprès de vous. Lamia écoutoit
attentivement un discours qui fla-
toit sa tendresse & son amour propre, & regardant Démetrius comme le plus aimable & le plus grand
homme de son tems, elle se trouvoit aussi la personne du monde
la plus heureuse, de ne pouvoir
douter des sentimens qu'il avoit
pour elle; en effet rien ne lui pouvoit être suspect de la part de Démetrius; il falloit bien qu'elle fût
parfaitement aimée, puisqu'un Roi
ne pouvoit avoir d'autres raisons
que son cœur pour lui en donner
de si sensibles témoignages. Il est
vrai qu'il ne pouvoit pas goûter
avec la même pureté ceux de l'a-
mour de Lamia, l'ambition & l'interêt pouvoient s'y mêler; mais
qui sçait si cela même ne lui don-

noit point plus de vivacité; cette paſſion quand elle eſt violente ſe fortifie par les choſes mêmes qui pourroient la détruire.

Tandis que les affaires de Démetrius étoient en l'état que nous venons de dire, Seleucus Roy de Syrie ſe détacha des autres ſucceſſeurs d'Alexandre, & par des raiſons de politique fit demander à Démetrius ſa fille Stratonice en mariage, il l'avoit eûë de Phila ſa premiere femme. La Princeſſe joignoit à la plus parfaite beauté les graces naïves de la premiere jeuneſſe; l'âge de Seleucus étoit diſproportionné; mais la fortune préſente de Démetrius qui vouloit s'aſſurer des amis, ne lui permit pas de refuſer cette alliance, il manda à Phila d'amener ſa fille près Doroſſe où ſe devoit faire l'entrevuë des deux Rois.

Phila avoit une grandeur d'ame qui la mettoit bien au-deſſus des petiteſſes & des jalouſies de ſon ſexe.

Si

Si les infidelités de son mari l'a-
yoient fait gémir dans le fond de
son cœur, elle avoit dédaigné de
s'en plaindre; toûjours prête à té-
moigner le chaste amour qu'elle
conservoit pour son époux, elle
lui avoit envoyé des Vaisseaux
chargés d'argent, d'étoffes précieuses, & de rafraîchissemens quand
elle eut appris sa défaite; & si-tôt
qu'elle eut reçû l'ordre de partir,
elle ne délibera pas un moment à
lui marquer sa soumission.

Peu après qu'elle fut arrivée,
les nôces se célebrerent avec une
pompe digne des époux. Seleucus
donna un magnifique repas dans
sa tante au milieu de son Camp,
Démetrius le regala à son tour
dans cette merveilleuse gallerie
dant nous avont déja parlé. Comme
il mêloit de la magnificence & de
la galanterie à tout, cette fête fut
aussi superbe, & il y eut une aussi
bonne musique que si elle eût été
faite au milieu d'Athenes.

S

Lamia ne se montra point à Phila ; mais Démetrius voulut qu'elle
vît Stratonice. La jeune Princesse
instruite de l'amour de son Pere,
fit les plus tendres amitiés à cette femme, & Lamia qui avoit un
tour fort délicat dans l'esprit, ren-
cherit avec usure, & donna des
loüanges si fines à la nouvelle Reine,
qu'elle ne put s'empêcher d'en
avoir de la reconnoissance.

Seleucus enmena bien-tôt son
épouse, il en étoit enchanté, &
elle lui témoigna un respect si rempli d'affection, qu'il n'eut pas lieu
de croire qu'elle eût aucune répu-
gnance pour lui : elle lui donna
même un fils dès la premiere année
de son mariage.

Démetrius aprit alors qu'un homme privé nommé Lacharés, avoit
pris le tems qu'Athenes se déchi-
roit par une guerre civile, & s'en
étoit rendu le tyran. Notre Roi
crut l'occasion propre à se venger,
en se rendant encore une fois le

maître de cette Ville. Il avoit déja une Armée navale aussi formidable que jamais; il la fit approcher
du Port, malgré la résistance qu'on
lui opposa. Et après la longueur
d'un Siege, pendant lequel les
habitans se livrerent aux plus affreu-
ses souffrances, plûtôt que de se
rendre à lui, il joignit si bien l'art
d'un grand Capitaine, à la plus brillante valeur, qu'il entra triomphant
dans la superbe Athenes, & eut le
plaisir de voir trembler à ses pieds
ces ingrats, qui l'ayant autrefois
adoré comme un Dieu, l'avoient
ensuite traité comme un cruel ennemi.

A peine fut-il dans la Ville, qu'il
se fit vêtir de ses ornemens Royaux,
& faisant commander au Peuple de
se trouver au Théatre, il se mit à la
place où joüoient d'ordinaire les
Acteurs ; & là avec une éloquence
& une douceur qui lui étoient naturelles, il reprocha aux Atheniens
l'infidelité dont ils avoient usé en-

vers lui. Son discours soutenu de la
verité & de la justice, opera le repentir dans tous les esprits ; les larmes commencerent à couler ; on
entendit des gémissemens, & on
demanda grace de toutes parts,
sans esperance de l'obtenir. Les
Orateurs qui ne s'employoient
d'ordinaire qu'à peindre vivement
le pouvoir tyrannique des Rois, &
les charmes de la liberté, furent
les premiers cette fois à proposer
de se soumettre ; & Démetrius satisfait de l'état où il les avoit réduits,
n'en voulut tirer d'autre vengeance
que celle de s'en faire admirer. Il
leur tendit la main ; il leur demanda tout de nouveau leur amitié, il
leur promit la sienne, & leur fit
faire une prodigieuse distribution
de bled & d'argent. Cette liberalité acheva de gagner les cœurs,
& causa une telle admiration, que
tout retentissoit du nom de Démetrius. Qu'il est beau à un victorieux
d'être clément ! disoient les uns,

Quelle magnanimité! s'écrioient les autres; & tous ensemble avoüoient que jamais Heros n'avoit si bien usé de la victoire, que celui qui venoit de leur pardonner.

Il est certain que Démetrius eut de grandes qualités, & des vertus extrêmement brillantes; & que si l'amour des plaisirs n'avoit pas fait pencher la balance plûtôt du côté de l'homme que du demi Dieu, peu de Heros lui eussent été semblables dans l'antiquité.

Pendant qu'il étoit au Théatre Lamia ignorant son dessein, trembloit en attendant le sort de sa patrie; mais mille voix ayant porté jusqu'à elle les loüanges de son Amant, elle courut au devant de lui, & lui donna des loüanges, ausquelles il ne fut pas insensible. Eh quoi! ma chere Lamia, lui dit-il, après avoir écouté tout ce qu'elle voulut lui dire, eh quoi! avez-vous pû penser que le lieu de votre

naissance ne me fût pas sacré ?
Athenes m'a fait plus de bien en
vous donnant le jour, qu'elle ne
peut jamais me faire de mal.

Démetrius ayant repris son autorité ordinaire dans cette Ville,
il reprit aussi le train de ses plaisirs
que la Guerre avoit interrompus.
Il soupoit un jour avec ses amis &
ses Maîtresses, & Lamia qui avoit
une légere incommodité ne put être
de ce repas ; mais elle fit préparer
mille petites délicatesses pour le
fruit, & les envoya avec toutes
sortes de liqueurs par des musiciens
& des danseurs déguisés. Ce soin
parut si agréable à Démetrius, que
trouvant toûjours des graces nouvelles aux manieres de Lamia, il
s'écria qu'elle étoit la plus charmante femme du monde ; mais Damo, dont la jalousie ne pouvoit se
moderer, lui dit : Seigneur, quand
vous voudrez faire pour ma mere
ce que vous faites pour Lamia,
vous verrez qu'elle ne sera pas

moins foigneufe de vous plaire.
L'air dont Démetrius reçut ce difcours ne put permettre à Damo de
continuer, & ne mit pas l'Affem-
blée de fon parti.

Ce Prince cherchant par tout de
la gloire, alla attaquer les Lacede-
moniens; il défit leur Roi en bataille rangée. Il fut tout prêt de
prendre Sparte, qui ne l'avoit encore jamais été : mais des nouvelles terribles qu'il reçut de plufieurs
Provinces, le contraignirent d'a-
bandonner cette conquête, pour
aller défendre celles dont il étoit
en poffeffion. Rien ne lui réüffit :
Seleucus lui-même, (tout fon gen-
dre qu'il étoit) lui déclara la guerre.
Les augures en furent affreux; &
la joye que Démetrius faifoit d'ordinaire éclater le jour d'une bataille, fut changée par ces préfages en
une fombre triftefle, lorfqu'il fut
contraint de combattre Seleucus.
Auffi le fuccès en fut-il fi funefte,
qu'à peine put-il fe fauver avec un

petit nombre d'hommes ; ce ne fut même que prolonger son malheur. Seleucus l'envelopa si bien de tous côtés, que ce Roi, après avoir occupé long-tems la fortune & la renommée, fut contraint de se rendre, & de passer le reste de ses jours dans une maison de plaisance, où il est cependant vrai que Seleucus, à la liberté près, ne lui refusa rien de tout ce qui peut satisfaire les sens.

Pendant que les choses se passoient ainsi, il arriva un mémorable changement dans la fortune de Stratonice. Antiochus son beau-fils, Prince très-aimable, devint éperdu d'amour pour elle ; mais n'ayant nulle esperance, il résolut de se laisser mourir, & d'expier par là une faute qu'il ne pouvoit s'empêcher de commettre. Ce triste projet pensa avoir de funestes suites. Antiochus refusoit tous les alimens, fuyoit tous les plaisirs, & se livroit à un désespoir qui le consumoit, sans qu'on en pût connoître la cause.

Seleucus

Seleucus aimoit ce Prince avec une tendreſſe, qu'il ne faiſoit partager qu'à la ſeule Stratonice. Les Médecins tâchoient vainement à pénetrer l'origine d'un mal ſi inconnu & ſi opiniâtre ; mais Eraſiſtrate qui joignoit beaucoup d'eſprit à la parfaite connoiſſance de ſon art, ne douta plus que le principe n'en fût dans le cœur. Il s'attacha bien plus à examiner les mouvemens d'Antiochus, quand quelque belle perſonne entroit dans ſa chambre, qu'à lui donner des remedes. Le Roy & toute la Cour, ne l'abandonnoient preſque pas ; l'affliction étoit univerſelle. La belle Reine, cauſe innocente de ſon mal, l'en plaignoit avec une douceur charmante, & le Prince peu ſenſible à la vûë de tant d'autres Dames, étoit troublé de telle ſorte lorſqu'il la voyoit paroître, qu'Eraſiſtrate reconnut en lui les diverſes marques de paſſion, dont Sapho nous a laiſſé une ſi vive peinture.

T

Cette connoiffance donna de la joye & de l'embarras à Erafiftrate; il ne s'étoit pastrompé dans fes conjectures; mais il voyoit auffi la difficulté d'en profiter. Il réfolut toutefois de tout tenter pour fauver le jour au Prince. Il courut à l'appartement de Seleucus, & lui dit que le mal de fon fils lui étoit connu; mais que le remede en étoit impoffible. Le Roy penfa mourir d'affliction à cette nouvelle; fes tréfors, fes Etats, ne lui paroiffoient pas un trop grand prix pour racheter une vie fi précieufe. Eft-il poffible, lui dit-il, qu'il n'y ait aucun moyen de me rendre mon fils? Quel eft ce mal bifarre qui ne permet point de remede? Seigneur, lui dit le Médecin, Antiochus aime ma femme. Eh bien! interrompit le Roy, ne pouvez-vous faire un effort courageux pour me prouver votre zele? Choififfez tout ce qui peut vous en dédommager. Mais vous, Seigneur, reprit Era-

fiftrate, feriez-vous capable d'en
faire autant? Seleucus étonné de
cette réponfe, fut un moment fans
parler, puis pouffant un profond
foupir il dit: Ouï fans doute, je le
ferois, dût-il m'en couter la vie.
Donnez donc la Reine à Antiochus, reprit Erafiftrate, il ne peut
vivre fans elle.

    Le Roy fut frappé d'une nouvel-
le fi étrange; il aimoit fon Epoufe,
il avoit raifon de l'aimer; toutefois
la nature l'emporta fur l'amour. Il
paffa dans l'appartement de fon fils,
il l'embraffa en répandant des larmes, que plus d'un motif faifoit
couler, & lui annonça ce qu'il
étoit réfolu de faire pour fa guérifon. Antiochus mourant de honte & de confufion; & voulant imiter la génerofité de fon Pere, fe dé-
fendit quelque tems de guérir par
cette voie. Mais la violence qu'on
lui fit pour accepter la belle Reine,
lui parut toutefois fi douce, que
la joie lui rendit auffi-tôt la fanté,

Seleucus pour éviter les perils de la réflexion dans une affaire si délicate, alla dire à Stratonice ce que l'amour paternel le contraignoit de faire en faveur d'Antiochus. La Reine rougit & fit un peu plus de façon que le Prince pour se rendre ; mais enfin la raison specieuse du bien de l'Etat, lui fournit un moyen de le faire de bonne grace, & on peut juger sans que sa mémoire en souffre, qu'une passion aussi ardente & aussi respectueuse que celle d'Antiochus, trouva du moins de la reconnoissance dans son cœur, si elle fut insensible aux qualités aimables de sa personne. Seleucus en cedant son Epouse à son fils, lui ceda aussi sa Couronne, & vécut depuis dans une union parfaite avec les nouveaux mariés.

Ce tendre pere n'avoit pas dessein de laisser Démetrius dans une captivité éternelle. Il avoit rejetté les conseils de Lisimachus, qui lui proposoit de se défaire de cet esprit re-

muant. Il vouloit seulement lui ôter
le desir des conquêtes par une courte adversité, & il prétendoit se servir de la main de Stratonice pour
délivrer son pere. S'il n'executa pas
ce projet, c'est qu'Antiochus & sa
femme, furent long-tems arrêtés
dans des Provinces éloignées. Démetrius avoit d'abord souffert impatiemment le malheur de sa captivité, l'éloignement de Lamia ajou-
toit infiniment à ses infortunes;
mais son courage lui fit prendre
son parti par l'impossibilité qu'il
trouva à y apporter du remede,
ignorant les intentions de Seleucus; à la fin, l'habitude lui donna
une sorte de goût pour l'oisiveté.
Il se promenoit, il chassoit dans le
Parc, il passoit des jours entiers à table; on lui servoit des mets exquis &
en abondance; il avoit encore la liberté de goûter d'autres plaisirs; &
ce fameux Conquerant s'amusant à
ces molles délices, devint d'une
grosseur prodigieuse, & fut empor-

té par une maladie de peu de jours.

Seleucus témoigna beaucoup de déplaisir que cette mort eût prévenu les effets de sa génerosité; mais ne pouvant changer les ordres du destin, il fit mettre le corps de Démetrius dans un Vaisseau, accompagné d'une petite Flote qui composoit une pompe funébre, & qui pleine d'instrumens lugubres vogua lentement jusqu'au lieu où étoit Antigonus fils de Démetrius, qui reçut les tristes restes de son Pere, avec le respect qui leur étoit dû.

Démetrius n'avoit pas plus de cinquante-cinq ans lorsqu'il mourut; il laissa trois femmes, Phila, Euridice, & Déidamie fille d'Aëcide, Roy des Molosses, qu'il avoit épousée la derniere. Ce Roy dont la fortune fut si brillante, & la fin si peu conforme au reste de sa vie, auroit peut-être passé pour le plus grand homme de l'antiquité si ses soibleſſes n'avoient terni ſes vertus.

Lorſque Lamia ſçut la défaite & la priſon de Démetrius, elle ſe retira à Athenes, ſans que nous apprenions des Hiſtoriens quel fut le reſte de ſa vie. Si on en juge ſur les apparences, elle dût ſentir cette perte avec déſeſpoir; mais comme on ne veut rien avancer ici qui n'ait un fondement véritable, on aime mieux ne pas contenter la curioſité du Lecteur, que d'inventer des menſonges agréables.

LIVRES NOUVEAUX,
amufans & intereffans, imprimés chez PRAULT pere, 1736.

ABEN-MUSLU, Hiftoire Turque, in-12. 2 parties, *fous preffe*.

Amufemens Hiftoriques, in-12. 2 vol.

Anecdotes de la Cour de Childeric, *par M. Amilton*, in-12. en 2. parties.

Apologie des Bêtes, in-8°.

Argenis de Barclai, in-12. 2. vol. Figures.

Avantures choifies, in-12.

L'Avare puni, in-8°.

Celenie, Hiftoire Allegorique, *par* Madame L***, in-12.

Conte Egyptien extraordinaire, in-12.

Le Czar Demetrius, Hiftoire Mofcovite, in-12.

La Diane de Montemayor, in-12. 2. vol.

Les Dieux rivaux, Poëme, in 12.

Difcours & Poëfies de Mr** de l'Academie Fran-çoife, in-12.

Entretiens ferieux & comiques des Cheminées de Paris, in-12.

L'Epoufe infortunée, in-12.

Etrennes Logogriffes du Théâtre & du Parnaffe.

Le Glaneur François, in-12. 10 Brochures.

Gomgam, ou l'homme prodigieux, in-12. 2.vol.Fig.

Grenier à fel de l'efprit, in 12.

Guliftan ou l'Empire des Rofes, in-12.

Hiftoire d'Eftevanille ou le Garçon de bonne humeur, *par* Mr *Le Sage*, in-12. 2. Parties.

Hiftoire de l'Empire des Cherifs, in-12. 3. Parties.

Hiftoire de Moncade, dont les principales Avantures fe font paffées au Mexique, & le Marquis de Leyva, Nouvelle Efpagnole, in-12. 2. Parties.

Vie de Pedrille, in-12. figures.
Le Vice puni ou Cartouche, Poëme, in-8° Figures;

De Madame DURAND.

Henry, Duc des Vandales, in-12. Figures.
La Comtesse de Mortane, in-12. 2. vol.
Le Comte de Cardonne, in-12.
Les Belles Grecques, in-12. Figures.
Les Petits Soupers de l'Eté, in-12. 2. Parties;
La Vengeance contre soi-même, & le Chat amou-
   reux, Contes, in-12.
Les Voyages de Campagne, in-12. 2. Parties.
Memoires de la Cour de Charles VII. in-12:
   2. Parties.
Oeuvres diverses en Vers & en Prose, in-12.

De Monsieur DE MARIVAUX.

Avantures de Mr***, ou Effets surprenans de la
   Sympatie, in-12. 5. vol.
Homere travesti, ou l'Iliade, en vers burlesques,
   in-12. 2 vol. Figures.
Le Bilboquet, in-12.
Le Cabinet du Philosophe, in-12.
Le Paysan parvenu, in-12. 5. Parties.
Le Spectateur François avec l'indigent Philosophe;
   ou l'Homme sans soucy, in-12. 2. vol.
La Vie de Marianne, in-12. 5. Parties.
La Voiture embourbée ou le Roman impromptu;
   in-12.
Pharsamon, ou les nouvelles Folies Romanesques,
   in-12. *sous presse*.

LIVRES ET PIECES
de Théatre.

Recherches sur les Théatres de France, depuis 1161. jusqu'en 1735. *par M. de Beauchamps*, in-8°. 3 vol. *ou* en 1 vol. in-4°. grand papier.

Bibliotheque des Théatres, *par M. de Maupoint*, in-8°.

Lettres Historiques sur tous les Spectacles de Paris, in-12. deux Parties.

Oeuvres de Théâtre de *M. de Boissy*, in 8°. 5 vol. sçavoir, deux volumes du Théatre François, & trois volumes du Théatre Italien.

Toutes les Pieces, au nombre de dix-sept, se vendent séparément.

Oeuvres de Théatre de *M. Destouches*, in-12. 3 vol. avec des corrections, des changemens, & des augmentations considerables de l'Auteur à toutes les Piéces.

Toutes les Pieces, au nombre de treize, se vendent séparément.

Nouvelles Oeuvres de Théatre de *M. de Marivaux*, in-12. 3 vol. Les deux premiers volumes contiennent les Pieces du Théatre François, & le troisiéme contient les Piéces nouvelles du Théatre Italien.

Toutes les Piéces, au nombre de dix, se vendent séparément.

De M. de R***.

Les caprices de l'Amour, Comédie.

La Dupe de soi-même, Comedie.

Ces deux Pieces se trouvent à la fin de chaque partie du Livre intitulé : La Veuve en puissance de Mari, in-12, 2 vol.

De Monsieur BRUEYS.

L'Avocat Patelin, Comédie, in-12.

L'Opiniâtre, in-12.

Le Sot toûjours sot, in-12.

Comédies en Proverbes, *de Madame Durand,* *au nombre de onze, se trouvent dans le Livre* *intitulé* : Voyages de Campagne. in-12. 2 vol.

De Monsieur ROMAGNESI.

Les Gaulois, Parodie de la Tragedie de Phara- mond.

Compliment prononcé par Mademoiselle Silvia & par lui-même, pour la clôture du Théatre Italien, en 1733.

De Monsieur RICCOBONI.

Ode prononcée à l'ouverture du Théatre Italien, en 1733. in-8º.

Compliment prononcé à la clôture du même Théa- tre, en 1734. in-8º

De Messieurs ROMAGNESI & RICCOBONI.

Les Sauvages, Parodie de la Tragédie d'Alzire, in-8º.

De differens Auteurs.

L'Amante retrouvée, Opera comique ; *de M.* *Niveau*, in-12.

L'après-diné des Dames, Piece en trois actes, in-12. *Nantes.*

Le Caprice & la Ressource, Prologue, in-12.

Le Complaisant, Comedie, avec la Musique, in-12.

Le Prologue & les Entrées des Balets de l'HERCULE AMOUREUX, premier Opera qui a été représen- té à Paris, au Palais des Thuilleries. *Cette Piece* *se trouve dans le Livre intitulé* : Lettres histo- riques sur les Spectacles de Paris, in-12.

Le Procès des Sens, Comedie *de M. Fuselier*, in-8º,

Le triomphe des Mélophiletes, *par M. Bouret*, in-8º. *Holl.*

Monsieur de Mortantrousse, Comédie. *Cette Piece* *se trouve à la fin des* Lettres écrites à un Million- naire, in-12. 2 vol.

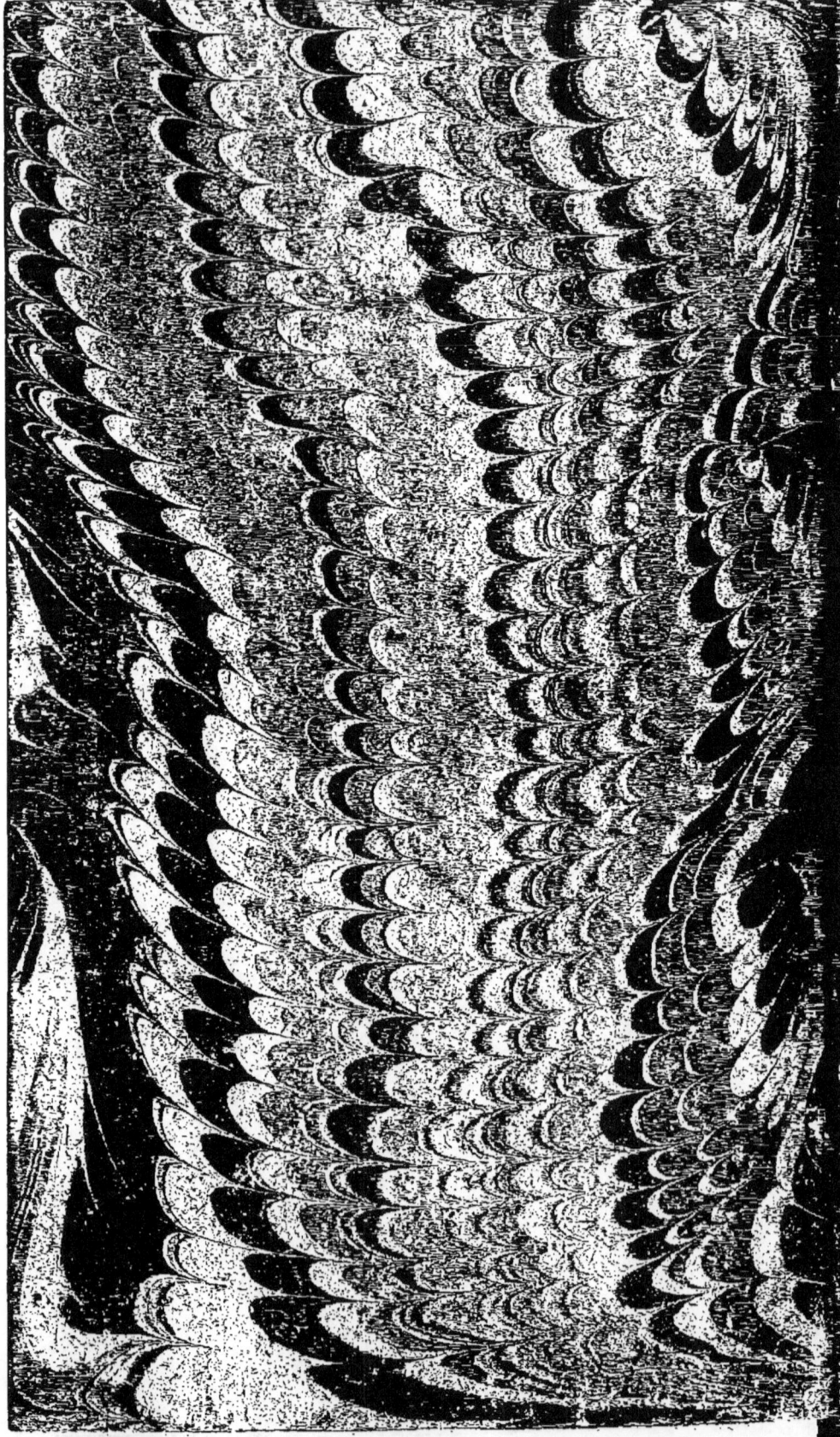

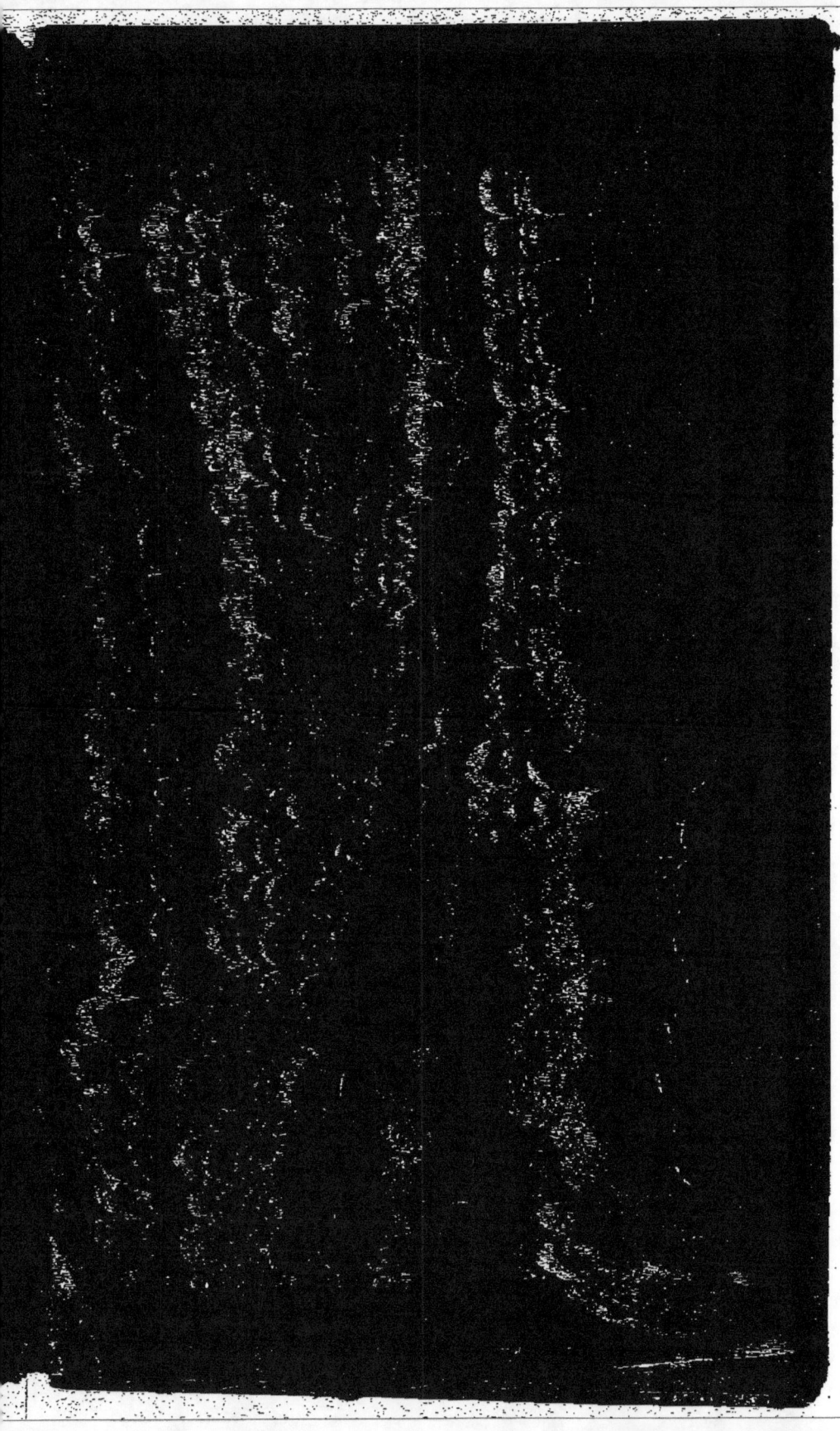

NVENTAIRE

Y2 3456

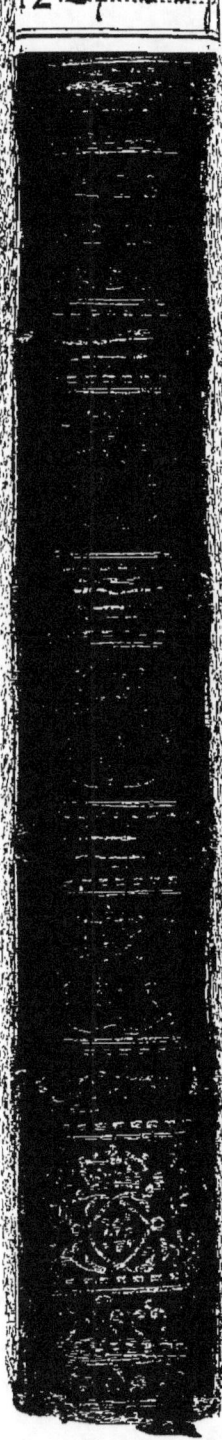